谨以此书

纪念傅雷先生。正是当年《傅雷家书》在我心田播撒的种子，才有了今天这个小小的果实。

献给我的父亲于文著。在我小时候，没有他带我游历大江南北，就不可能有我现在对孩子的培养。

献给威克特先生（Mr. Wegert）、威克特夫人（Mrs.Wegert）。感谢他们给了孩子我所不能给予的教育和关怀，及对我本人的指导。

父子越洋信札

家长如何指导留学孩子的学习和生活

于勇前 于小轩 著

北方联合出版传媒（集团）股份有限公司
万卷出版公司
2016年·沈阳

ⓒ 于勇前　于小轩　2016

图书在版编目（CIP）数据

父子越洋信札：家长如何指导留学孩子的学习和生活 / 于勇前，于小轩著 . —沈阳：万卷出版公司，2016.2
ISBN 978-7-5470-4112-3

Ⅰ.①越… Ⅱ.①于…②于… Ⅲ.①书信集 – 中国 – 当代 Ⅳ.① I267.5

中国版本图书馆 CIP 数据核字（2016）第 032282 号

出版发行：北方联合出版传媒（集团）股份有限公司
　　　　　万卷出版公司
　　　　　（地址：沈阳市和平区十一纬路29号　邮编：110003）
印 刷 者：沈阳市美图艺术印刷厂
经 销 者：全国新华书店
幅面尺寸：170mm×240mm
字　　数：480千字
印　　张：13.75
出版时间：2016年2月第1版
印刷时间：2016年2月第1次印刷
责任编辑：孙郡阳
装帧设计：刘萍萍
封面插图：薛珊珊
责任校对：周　正
ISBN 978-7-5470-4112-3
定　　价：47.00元

联系电话：024-23284442
邮购热线：024-23284050
传　　真：024-23284521
E－m a i l：vpc_tougao@163.com
网　　址：http：//www.chinavpc.com

常年法律顾问：李福　　版权所有　侵权必究　举报电话：024-23284090
如有质量问题，请与印务部联系。联系电话：024-23284452

行万里路胜过读万卷书

Traveling thousands of miles is better
than reading thousands of books

自 序

一个普通人能够走多远

于勇前

我是一个普通人,普通到即使出了这本书也不一定有人知道我是谁。作为一个普通人,我时常问自己:一个普通人到底能够走多远?亲爱的读者,你是否也有这个疑问呢?

随着时代的发展和中国经济的腾飞,每个人的视野都随之开阔,越来越多的家长把孩子送到国外去读书,而且近年来被送出国门的孩子更呈现低龄化的趋势。中国有句古训:读万卷书,行万里路。外国也有一句类似的,且讲得更好,那就是"Traveling thousands of miles is better than reading thousands of books"。翻译成中文就是:行万里路胜过读万卷书。送孩子出国留学就是让孩子们在青少年时期去行万里路。这可以开阔他们的视野,培养他们独立生活的能力,更主要的是可以让他们立足于更广阔的领域,站在更高的平台选择自己的未来。那么送孩子出国留学,特别是相对低龄的孩子是不是一点问题都没有了呢?回答当然是否定的。最主要的问题就是如何同孩子保持亲情的沟通,如何远距离地指导孩子解决在学习和生活中遇到的问题。随着信息技术的发展,人们远距离的即时沟通相当便捷。家长可以和孩子聊微信,也可以视频聊天,但我选择的却是和孩子书信交流(否则也不会有这本书了)。为什么呢?

1. 有助于培养家长和孩子归纳总结问题的能力。如何在纷繁的事务中,在浩如烟海的知识中归纳总结出最根本的东西,这是一个成功人士必备的能力。只有总结出最根本的东西,才能使自己的工作和学习方向正确,事半功倍。写信恰恰就是要求我们把一段时间发生的事情用一千多字描述出重点。

2. 有助于培养家长和孩子的逻辑思维能力。大家可能一直有个疑问:QQ聊天、微信聊天不是一样？聊天最大的缺陷就是信口开河，将思维都碎片化，对逻辑思维能力的提升不仅没有帮助，在某种程度上还是有害的。而写信就是思维系统化和精确化的过程。

3. 有助于培养孩子认真的学习和工作作风。每一封信至少要改两三遍，每改一次就会发现不同的问题，也就越发体会到认真的重要。

4. 有助于培养家长和孩子的韧性和耐性。任何能力的培养没有这两性都是无源之水、无本之木，结果只能是空谈。而培养韧性和耐性最好的方法就是坚持有规律地做有意义的事情，写信就是其中之一。

5. 有助于在国外留学的孩子保持和提高自己的中文水平。有一部分孩子过了一段时间的留学生活，说出的话中国人听不懂、外国人不明白。写信可以时时地提醒他们要保持地道的中文。这样，将来当他们身处跨文化交流的环境时，才能游刃有余。

6. 有助于培养亲子之间理性地交流，加深亲子感情。采用微信、电话、QQ聊天等即时通信方式解决问题，往往聊着聊着就容易情绪激动，甚至当时就吵起来，这样不仅于事无补，还伤了亲子之间的感情。而写信是个理性思维过程。亲子之间可就任何问题深究悉讨，求得问题的解决和情感的加深。

我的孩子是在14岁也就是国内的初二毕业，就去美国读高中了（美国的教育体制高中设四年，所以国内的初三就相当于美国的高一）。采取的是寄宿家庭的模式，就是生活在美国的家庭里，由美国的家长负责日常的管理和教育。我们在信中经常提到的威克特先生、威克特夫人即是孩子的美国家长。孩子去美国以后，从第二年开始我要求他每半个月和我通一次信。后来他提出学业忙，又改为每月通一次信。这个集子就是我们父子四年来的通信，共计77封。为了能让大家更好地理解信的内容，孩子和我分别为我们各自的来信和回信加上了小标题和说明。他给我单独发的信，他加的在上面，我加的在下面。反之亦然。信中加横线的句子是我着重要向孩子说明的和对他来信的修改。在整理这本书，给信件加上小标题的过程中，我和儿子都再一次回顾了这四年漫长时光带给我们的喜与忧，往事可堪回首！这本集子最大的遗憾是作者能力和水平的不足，而它最大的欣慰是父子之间这种毫无芥蒂的坦诚交流，它是简陋的，却是真诚的！

中国人常说"子欲养而亲不待"。我总觉得前面应该加上另半句："亲欲养而子已成"。也就是说当孩子小的时候你不能多陪伴他（她），给他（她）及时的教育，等到他（她）成人以后你发现他（她）这不对那不好，就再也来不及了。这样合成一句"亲欲养而子已成，子欲养而亲不待"就完整了。这四年来我不能陪在孩子的身边，但是有我的信一直陪着他，及时地传递一些思想和观点，把握他生活的轨迹，也算是完成我"亲养子成"的责任吧。

在这本书即将出版之际，要感谢我的孩子。他用宝贵的时间，用我熟悉的文字，让我详尽地了解了他的生活，让我安心，他的信是对我最好的慰藉。一个人要做一件有意义但却不符合潮流的事儿是很难的，某些时候甚至是不可能的。可以想见，周末同学们问他："小轩，你周末做什么？""我要给老爸写信。"大部分同学一定会说："都什么时代了还写信，聊聊QQ、微信不就得了。你写吧，我们去玩了。"关系近的同学可能直接说："你爸病得不轻啊！"但他坚持下来了。

要感谢孩子的中小学老师，东北育才抚顺学校的侯玖凤老师、东北育才双语学校的王岗主任、耿艳芳老师、葛金韬老师、谢辽洪老师。他们在小轩的成长中都倾注了心血。我们因孩子而结缘，十多年来相处如亲人。孩子每次回国下飞机就问："老爸，我们什么时候和侯老师她们一起吃个饭啊？"听说此书要出版，他们在百忙中分别写了情真意切的文章，做我们十多年友谊的见证。这四位都是名校名师，理论实践并重，抛开对我们父子的溢美之词，相信各位读者一定会从他们的文章中汲取更多的养分。

要感谢我的好友王楠、常磊、徐迎捷、王英洁、高宇、姜阳女士，郝泽、王庆东、朱文彪、侯波、王文东、郑禹、陈洪峰先生，他们牺牲自己的宝贵时间，帮我润色、修改书稿，并提出宝贵的意见和建议。

要感谢责任编辑孙郡阳女士。这本书在她那本已超负荷的重担上又加上了一根重重的稻草，还好不是最后一根。感谢她所做的一切！感谢万卷出版公司对本书的出版所给予的大力支持。

如果读了这本书，各位家长能够珍惜自己和子女所相处的每一分、每一秒；各位子女能够更加理解父母的一片苦心，那就是我最大的欣慰。

一个普通人可以走得很远很远。当你走得很远的时候，你已经不普通了！

2015.11.26

目 录

一个普通人能够走多远 / 1

2012年

闲聊小于和老于（寄语） / 3
信为何物？ / 5
万事开头难 / 7
信到底为何物？ / 10
有意义的事，认真做 / 11
你喜欢哪一封信？ / 16
一个会创新的人一定是一个严格遵守某些现有规矩的人 / 18
再简单的事也不简单 / 21
成功的人一定是一个有决心、有毅力、有方法的人 / 23
以铜为鉴可以正身，以史为镜可以正今 / 25
永远不要对关心你的人发火 / 27
成功就在于认真地坚持 / 30
惰性的可怕 / 31
瑕真的不能掩瑜吗？ / 34
一俊不能遮百丑，但一丑却能遮

百俊 / 36
那一抹潇洒的绿色 / 38
努力的小虫一定会成为那抹最闪亮的绿色 / 40
谈恋爱还有点远，可是亲人却就在身边 / 45
任何事情不懂就神秘，神秘就愚昧，愚昧就犯错 / 47
瞬间即永恒（寄语） / 51
不一样的圣诞节礼物 / 52
天才一定是那些在有条件、有前途的年轻时候就知道刻苦的人 / 54

2013年

小聪明可不好 / 58
对自己有意义的事，不愿做也要做，而且要做好 / 60
多个朋友多条路 / 61
不要期望所有人都成为你的朋友 / 63
十万个为什么 / 65
知识的储备主要应来源于见识，而非

灌输 / 68
好的文章要及时推荐给孩子，更主要的是读后的研讨 / 71
在河南大学建校一百周年庆典上的致辞（范文）/ 72
没太看懂的好文章 / 73
哪都有不理解你的老师 / 74
人一生最宝贵的就是你的经历 / 76
躺着也中枪 / 79
把困难想得充分并不是为了放弃，而是为了做得更好 / 81
必要的关怀 / 83
对别人的关爱很大一部分体现在珍惜别人对你的付出上 / 85
在小卖部中痛苦并快乐着 / 87
出门在外慎重交友 / 89
最年轻的老头儿 / 92
不自律说到底就是对自己不负责任 / 94
小轩和他的爸爸（寄语）/ 97
这都不是事儿 / 99
生活的目标：从容、淡定、健康、快乐 / 101

2014年

激情满满 / 104
从容是做人的根本 / 106
行动往往比白日做梦还要简单 / 108
敬重所有的生命，永远都不要骄傲 / 110
小山村大城市 / 113
要不不做，做就做好 / 115
只要心情好，处处皆风景 / 118
缘分？安排？ / 121
黄金非宝书为宝，万事皆空善不空 / 123
积极的生活态度 / 126
责任并不是一种压力而是一种积极的生活态度 / 128
义字当先 / 130
一个人必须要有道德底线 / 132
亲情 / 139
经历和经验是人生道路上的基石 / 142
随遇而安 / 146
人生的最大满足是自我实现 / 149
也无风雨也无晴 / 153

爱是恒久忍耐,又有恩慈 / 156
点滴见精神(寄语) / 159
不一样的礼物 / 162

2015年

奔跑吧,吃货! / 167
感情和事业应该是人生的两大主线 / 169
做人的眼界要远,心胸要宽 / 172
小　年 / 173
新年我掌勺 / 174
做人要外圆内方 / 176
逃过一劫 / 177
没有人不需要别人的关心。同时,为
你付出越多的人越关注你 / 179

再坚强也需要关怀 / 180
无论一个人再怎么坚强,也需要有人
在旁边支持、鼓励 / 182
还没开始乐,就生悲了 / 183
我们要面对的永远是未来 / 186
往事并不如烟 / 188
我觉得没有比"往事并不如烟"更好
的标题了 / 190
万万没想到 / 192
路漫漫其修远兮,吾将上下而求索 / 194
信守亲缘(寄语) / 196
贺轩儿在美首个生日 / 198
贺轩儿十七岁生日 / 199
贺轩儿十八岁生日 / 200

写信?写信! / 203

2012年

今天应该是一个值得纪念的日子，因为这是你我父子的第一次正式通信。看到自己亲手培养起来的小鹰越飞越高，越飞越远，虽然手搭凉棚都看不见了，但内心却充满了自豪。而能把儿子培养成朋友更是我最欣慰的事。

漂流

寄 语

闲聊小于和老于

葛金韬

于小轩,我最得意的门生,没有之一。憨厚朴实而不愚笨,睿智敏捷而不张扬。

记得刚拿到班级名单时,这个名字便引起了我的注意,我妄自揣测,是不是取意苏轼的《江城子》中的那一句"小轩窗,正梳妆。相顾无言,惟有泪千行"?如果真的是这样,小轩会不会是文静柔弱的小男孩呢?呵呵,当与新生见面时,我特意点了他的名字,没想到站起来的是一个白白壮壮的大男孩,与柔弱压根不挨边,外在形象确实很Man。之后,我们开始了亲密接触——直到现在。

小轩是个暖男。电影《超能陆战队》上映后,剧中的角色大白"火了",陪儿子看《超能陆战队》之后,我眼中却出现了小轩的形象,哈哈,真的,太像了(当时教小轩时,好像还没有"呆萌"这个词呢)。小轩如大白一样纯真、善良、无私,有团队意识,与他接触的每一个人都会感觉很舒服。他的接纳、包容、积极关注、温暖、真诚,在人际互动过程中给每一个人以安全感、可靠感。

小轩是个猛男。这个倒不是指肌肉男,而是心理素质超强。小轩凡事看似无所谓,实则内心很较劲,好像在无意识中践行了"鸭子哲学"。小学时数学偏弱,便于同学休息时独自发奋,为了提升成绩,主动向老师同学讨教,自觉寻题做题,最终成功考取东北三省最好的学校。中学时,除保证成绩以外,还主动挑战自己的管理能力,学校的社团活动中,不断地充实自己,锻炼自己。到美国留学时,也曾把自己放置于高山原野之中,尝试户外生存。

小轩是个场面男。有一次小轩回国看我，正赶上他的师兄师姐们聚会，小轩随我同行，师兄师姐们对于这个小师弟，当然会"照顾"有加，频频的致意，敬酒；而小轩呢，面对30多张生面孔，应付自如，谈吐得体，谦虚内敛，觥筹交错之间，大家也慢慢熟识起来，气氛相当融洽。相当于单刀赴会的小轩，不但没有被师兄师姐的气场所震慑，反而举杯相敬，最终师兄们倒有些心虚了。呵呵，这也是小轩第一次让我见识他的酒量，确实惊到我了（也许是老于的遗传基因太强？呵呵）。

有其子必有其父，聚会那天，小于着实让我看到了老于的影子。

说到父亲，人们把父亲分成了诸如严厉型、老实型、冷面型许多类，小于非常幸运，他的成功，很大程度上得益于老于，因为老于是一位导师型的父亲。

导师型父亲可不是谁都能遇到的。首先，父亲得有导师级的学识和水平。其次，父亲得有表达的艺术和方法。再次，也是最重要的一点，愿意拿出时间和精力，对自己的孩子像艺术品一样精雕细琢。小于很幸运，老于就是这样的父亲。

老于对小于的鼓励和赞美很多，几乎不批评。老于有句名言：当孩子出现问题了，需要你批评的时候，说明你的教育是失败的。

老于善于控制自己的情绪，每当孩子在成长过程中遇到问题的时候，他从不将自己的观点和意见强加在孩子身上，而是和小于一起安静平和地分析利弊，让小于自己做出选择。"孩子有权选择自己的路，父母只是作为一个协助者，帮助孩子来到这个世界完成他的梦想。"老于说。

用时间去陪伴孩子，用行动去影响孩子，用经验去完善孩子。这一老一小，真的是让人羡慕啊！有幸结识这爷儿俩，也算是我的幸运，在老于身上，我学会了如何当个好爹；在小于身上，我明确了儿子的培养方向。

信为何物?

这是我给老爸写的第一封信,说实话,写之前根本不知道如何写一封信。在书桌前苦苦思索了五分钟,又写了十五分钟才将将写出。好吧,十五分钟是因为中英文切换有些费事。现在又读了一遍,觉得自己当年真的是没有懂得写信的真谛,这封信真的是只能用"简陋"二字来形容。万事开头难呀!

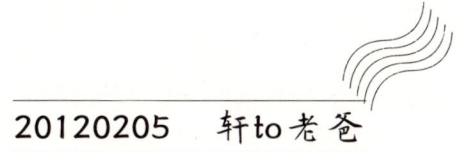

20120205　　轩to老爸

想了又想,这一个月来的收获倒是不少,我发现越来越融入美国的校园生活中了,和同学交流更顺畅,从以前自己缩在角落里,到现在和同学一起闹,变化真的很大,课上也更好理解老师的话了,看着新来的外国学生挠头、一筹莫展的样子心中一阵暗爽,不过也知道了自己的蜕变,写这篇总结之间我在床上回想了过去的半年,从中国到美国,遇到的各种人,遇到的各种事,甚是有趣,接触了很多新鲜事,性格也逐渐开始转变,从 bridge jumping(从桥上往河里跳)中我知道什么时候都要有勇于尝试的心态,不过有些事不行,比如吸毒。抱着勇于尝试的心理我变得"crazy(敢疯了)",用 Macal 的话来说我是一个"crazy Chinese(放得开的中国人)"嘻嘻,"whatever(没关系)!"这是我的口头禅,不论什么事我也不会失落,GOD always lovesus, hewillhelpus, hewillsaveus(上帝总是爱我们,他将帮助我们,救赎我们)。有一次去教堂,看到大家一起唱圣歌,那虔诚的样子很打动我。还有就是加入了跆拳道的班里,接触到更多的人,锻炼也上来了,也体会到了文化的不同。最大的教训就是做什么事都要谨慎一些,不能马马虎虎,大大咧咧,手上被烫了两个泡,那个疼呀,还好是在左手,不知道是不是因为夜里看书写作业的原因眼睛有点不太舒服,不过应该不是什么大问题,但也要小心。最高兴的事……我想想,绝对不是看美女!呵呵,开玩笑的。我最高兴的事能在美国找到这么好的寄宿家庭。现在我已不知不觉地融入了这个家,觉得自己就是一份子,我要感谢老爸,佩服你的远见、眼光,我不会辜负你的,我可不想再冲进补课班一顿血拼,太惨了!在美国我也学会了要讲理,不同意的地方,意见分歧的地方一定要讲理,表明自己的观点,不用怕老师的脸气成猪肝色,这反而还很好,交流才能理解,虽然我好几次把老师的脸气成绿色,不过最后老师还是赢了,而且日后还更加关注我。不知不觉写了这么多,下回思路应该会更清晰,第一次写总结,个人比较满意。起码还是初中水平,呵呵。最后祝老爸身体健康,工作顺利,周末少加班,每周少开会。

2012.02.05

万事开头难

这是我们父子之间的第一次通信,这时孩子已到美国半年了。虽然我不得不鼓励他,但看到那简陋的表达,残缺的格式,我知道我选择了一种正确的交流方式,我们一定要坚持下去!我在他的信上做了修改,希望以后他写信能更认真、更有条理。"身教胜于言教"也是这个道理。

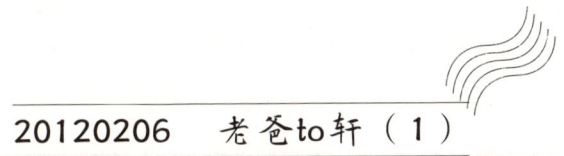

20120206　　老爸to轩（1）

想了又想,这一个月来的收获倒是不少。

首先,我发现越来越融入美国的校园生活中了。和同学交流更加顺畅了。从以前自己缩在角落里,到现在和同学一起闹,变化真的很大。课上也更好理解老师的话了。看着新来的外国学生挠头、一筹莫展的样子心中一阵暗爽。从他们身上我也看到了自己的蜕变。其次,我的性格也由内向逐渐变为"crazy"。写这篇总结之前,我在床上回想了过去的半年,从中国到美国,遇到了各种人,接触了很多新鲜事,(遇到的各种事,)甚是有趣,(接触了很多新鲜事,)我的性格也逐渐开始转变。从bridge jumping中我知道什么时候都要有勇于尝试的心态,不过有些事不行,比如吸毒。抱着勇于尝试的心理我变得"crazy",用Macal的话来说我是一个"crazy Chinese",嘻嘻……"whatever！"这是我的口头禅,不论什么事我也不会失落。如果按照基督教的话来说,GOD always lovesus, hewillhelpus, hewillsaveus。三是,我对《圣经》、基督教有了更深的了解。最后,就是加入了跆拳道的班里,接触到更多的人,锻炼也上来了,也体会到了文化的不同。

最大的教训就是做什么事都要谨慎一些,不能马马虎虎,大大咧咧。手上被烫了两个泡,那个疼呀,还好是在左手。不知道是不是因为夜里看书写作业的原因眼睛有点不太舒服,不过应该不是什么大问题,但也要小心。

最高兴的事……我想想，绝对不是看美女！呵呵，开玩笑的。我最高兴的事就是能在美国找到这么好的寄宿家庭。现在我已不知不觉地融入了这个家，觉得自己就是一份子，我要感谢老爸，佩服你的远见、眼光，我不会辜负你的，我可不想再冲进补课班一顿血拼，太惨了。在美国我也学会了要讲理，不同意的地方，意见分歧的地方一定要讲理，表明自己的观点，不用怕老师的脸气成猪肝色，这反而还很好，交流才能理解，虽然我好几次把老师的脸气成绿色，不过最后老师还是赢了，而且日后还更加关注我。

不知不觉写了这么多。下回思路应该会更清晰。第一次写总结，个人比较满意。起码还是初中水平,呵呵。最后祝老爸身体健康,工作顺利,周末少加班,每周少开会。

途中遇熊

20120206　老爸to轩（2）

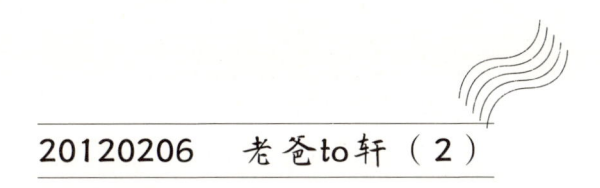

轩儿：

你好！

读了你的信，老爸激动得许久没有入睡。虽然你久未写中文，细节的地方有些粗糙，但文笔依然是那么流畅，描写依然是那么传神。夸奖老爸的那句，更让我感动，竟有些泪的感觉……

老爸知道你很忙，为什么还要让你半个月写一次信？主要是基于以下两个原因：1. 你在国内没有正式学写作文，尤其是论说文的写作，就出国了，这方面的底子很薄。而这种文体在今后写论文，做解决方案中恰恰是最有用的。通过写总结是最能帮助你锻炼这种能力的。经过二十几年的历练，从了很多名师，不是自吹，老爸在这方面还是有一手的。现在你远隔万里，这是我能把我的本事传给你的唯一方式！！！学学我改过的信，你下回一定能写得更好。更重要的是这种文体全世界都是相通的。也就是说你中文写得流畅，有条理，你的外文文章也能如此，反之亦然。2. 就是保持你的中文水平。这方面我以前说得很多，就不赘述了。

下次写信一定要把你的英文（人命、地名除外）都翻成汉语，并把原文用括号留在后面，例如：疯狂的中国人（crazy Chinese）。这个能力最重要，切记！

今天应该是一个值得纪念的日子，因为这是你我父子的第一次正式通信。看到自己亲手培养起来的小鹰越飞越高，越飞越远，虽然手搭凉棚都看不见了，但内心却充满了自豪。而能把儿子培养成朋友更是我最欣慰的事。

你我都要把这些信保存好，也许将来能把它发表出来，对将和你有同样经历的孩子有所帮助。

祝元宵节快乐！

老爸
2012.02.06

信到底为何物？

写第二封信的时候还是没有给予很大的重视，因为我还是觉得自己是"被自愿"写信的。但是这也有点太惨不忍睹了，自己现在看了都觉得无地自容。信是一种很有效的交流方式，但是正确的格式和语言是对对方的起码的尊重。

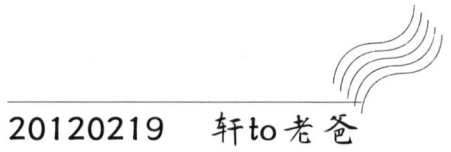

20120219　轩to老爸

这半个月在考试学习和飘雪中就这么过去了。情人节真是太热闹了！！！我还收到花和巧克力。虽然没有名，不过对于我的魅力还算一个肯定，哈哈哈。做梦都能笑醒。这个月最大的收获就是这个！

关于电脑的事情为我敲响了警钟，马虎和粗心是我最大毛病，细微处我不注意，幸好电脑争气地"复活"了，要不然我哭都没地方哭去，干脆直接找块豆腐一头撞死好了。呵呵，不过今后一定要注意。如果再发生真的是花钱买教训了。

最高兴的事是雪啦！！！哈哈哈啊哈！！！我盼星星盼月亮终于盼来啦！和威克特先生还有William打雪仗的时候体会到了住校不能体会到的家的温暖，我喜欢这个家。我喜欢这些人。这个是这半个月的总结。

2012.02.19

有意义的事，认真做

> 看到这封更加简陋的信，我真是强压怒火！平复了心情才给他回信。这也是写信的好处之一：有时间恢复理性！孩子信中提到的 William 是他在美国住家的小儿子，比我的孩子小一岁。

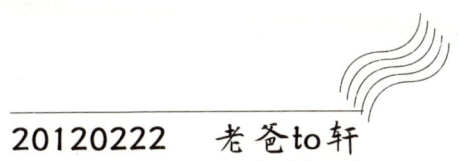

20120222　　老爸to轩

轩儿：

　　你好！

　　昨天晚上12点才从杭州回来。你的软件我的手机打不开，所以今天才看到你的信。知道你越来越喜欢这个新家，越来越快乐，我也就越来越放心了。

　　但是，对你的这封信我真的是失望多于希望。就好比你希望我给你1000元去做一件有意义的事，你也知道只要我稍一努力就给得起，但我只给了你10元，你是什么心情？我用半个月的时间盼你的这封信，你用一个小时就把我打发了，难道我希望你锻炼表达能力、保持汉语水平的苦心一点也没有体会？电话、聊天什么都可以交流，为什么还让你写信？难道我是闲的？！因为写信是最能整理思路的，而这个能力在写论文、做方案等方面都是必需的。可以说你越有出息越用得着。而能力的培养是一点一点努力的结果，现在多费一分力，将来的回报是十分；反之，现在多偷一分懒，将来要费十分力去补，<u>也许还不一定给你补的机会呢</u>！老爸有个原则：<u>可做可不做的事，不做；早晚都要做的事，早做；有意义的事，认真做</u>。

　　另外，改毛病要从我做起从现在做起，<u>做到犯一个错吸取多个教训</u>。不能光嘴上说改却不去审视自己还在哪些方面存在粗心的毛病。不能从此以后只知道水杯远离电脑，而不知道低头过马路，工作时说笑不注意安全，写信无头无尾（老爸：你好！……结尾：祝……），也是粗心大意！

我对你的教育会有三个结果：第一个是在我还健康的时候就能看到我的苦口婆心你是接受的，并能对你的成长有帮助；第二个就是在经历了一些挫折以后，当我不行了或已经死了你才认识到：我老爸说得真对呀！第三个就是你不认同我的教育。现在看来第三个是不可能了，读你的第一封信，我感觉，到目前为止你还是认为我的教育是很有前瞻性的。我希望我们能一起努力实现第一个结果，最好别让老爸我含恨离开人世，OK？

今天没时间了，随后我还要给你写两封信，一封模仿你的信；另一封认真写。相信你会知道向哪个学。

祝好！

老爸
2012.02.22

威克特先生登顶

20120304 老爸to轩

轩儿:

你好!

来信收悉,知你越来越融入新家甚慰!

我上周陪你D叔叔又去了一次杭州,体会了"晴方好"和"雨亦奇"的西湖,不虚此行。海南气候虽好,但缺少文化;西安古迹丰富,但风景欠佳。唯有杭州两者均备,真是一座完美的(perfect)城市!所以我每次去都有新的发现和体会。这次给我印象最深的是雨雾中的苏堤。

苏堤是当年苏轼任杭州太守时为疏浚西湖,沟通两岸交通在西湖里修的一条长堤,全长2.8公里,现在看这不算什么,但是在一千多年前的北宋不亚于修一座跨海大桥。由于后人的不断修缮和维护,在堤的两岸种植了桃树、柳树,使得"苏堤春晓"成为著名的杭州十景之一,自然也成了游人必到之处。苏老先生若地下有知,定应含笑九泉!

按我的本意想白天去游苏堤,"老杭州"D叔叔说:"你也太外行了,游苏堤要起早,白天只能看人头、听喇叭吵。""听人劝,吃饱饭"。第二天我起了个大早,天刚蒙蒙亮就冒着细雨赶往了苏堤。

站在苏堤的南端第一感觉就是静。宽宽的苏堤上一个人都没有,只有粉红的茶花、高高的柳树和甜甜的江南春雨与我为伴,苏堤也仿佛是我一个人的,这种感觉真是好极了!人们常说:晴西湖不如雨西湖,雨西湖不如雾西湖,雾西湖不如雪西湖。站在苏堤上吸一口沁人心脾的空气,看雨雾中的西湖确是别有风致。以前近在咫尺的雷峰塔、小瀛洲都在云雾中半隐半现,仿佛遥不可及。间或一两艘小船消失在烟雾里更增加了"知向谁边"的神秘感。眼前粉红色的山茶花挂着晶莹的雨珠娇艳欲滴,身旁的垂柳虽未吐绿,但变色的柳条和柔软的身姿已经有了浓烈的春的气息了。

面对这样的良辰美景一切语言仿佛都是多余的，唯有慢慢地徜徉、细心地体会才是不虚此行！

　　你看了后想去吗？

　　祝健康快乐！

老爸
2012.3.4

20120224　老爸to轩

仿小轩笔体：

轩儿：

　　你好！

　　来信收悉，知你越来越融入新家甚慰！

　　我去了趟杭州。杭州很漂亮。我还在雨中游了苏堤，太有意思了。

威克特夫人和她的爱犬

你喜欢哪一封信？

一封信原来是这样写成的！

信最主要的目的还是交流，无论是交流想法，交流感情、交流事情。可是交流也应该有交流的正确方式：正确的格式、正确的修辞、正确的表达等。而带着问题去交流、去解答是一种最有效的交流方式。不但增进了感情，也解决了心中的疑惑。

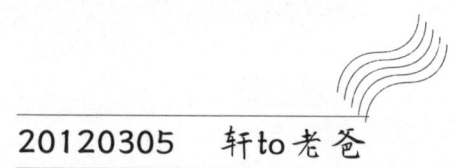

20120305　　轩 to 老爸

致老爸：

　　爸爸，二月份就这么过去了，觉得过得好慢，却又感叹时间飞逝。你是否也有这种感觉呢？你可能会说："前几天才把那小子送走，这会儿连回国的机票都订好了。"呵呵，我在在学校里总是叹口气说："什么时候才能到春假呀！"在周一醒来时却又说："今天是周六吧？"春假即将来临，很期待家庭旅行，这次又能给我什么不一样的感觉，什么惊喜呢，什么启发呢！这两周最高兴的事就是装上了蹦床，最大收获也来于蹦床，最大教训还是从装蹦床中得来！首先最高兴是有东西玩了。付出才有收获，我已经很了解这句话的深意了。最大教训是让我知道了自己的事情自己做，不能过分依赖别人，自己也要常思考。装蹦床第一步是把支架装上，我负责组装，威廉姆负责帮助我，至于威克特先生自然是负责指挥啦！可以说我是执行者，威廉姆是……他是……他应该算是捣乱者，还是无视他吧……而威克特先生就是我们小队（拼装蹦床三人组）的灵魂！可是这个灵魂可能有点不太仔细。我和"捣乱者"费了九牛二虎之力装好了六个支架后，却发现拼不到一起去。我们同时看向我们的"灵魂"，发现"灵魂"正在打着拍子哼着小曲，我这个汗呀！我把说明书拿起来发现支架一共有六个，分为两根直立管，一根横管。两个直立管一个有孔，一个没有孔。

但是我一查看我们拼的支架不是都有孔就是都没孔，连一个幸免的都没有……其实这件事我也有责任，如果我拼的时候仔细一点可能就会发现问题了。这个过后我也反省了。我带着略有幽怨的眼神看向"灵魂"的时候，他正在很仔细地研究怎么把支架拼在一起，而不是看说明书！后来我们只好把整个支架全都拆了，又重新装在了一起。从那之后我担任起了执行者和灵魂，威廉姆成为我的"助手"，帮了很多倒忙，不过多亏他给我递东西让我轻松了许多。第一个上蹦床的人也是他。而威克特先生就光荣地变为了我们小队的啦啦队长兼队员。不过姜还是老的辣，他往往能指出我哪些地方拧得太紧或太松，总是能提出让我恍然大悟的建议。当我们完成蹦床的那一刻，我心中充满了自豪感。因为大家以后都会用我，不，是我的小队拼出来的蹦床。呵呵，劳动最光荣。这是我来到美国又一大收获。我相信以后在美国的生活还会给我带来越来越多的惊喜、收获和教训的。我由衷的期待着。

祝身体健康、工作顺利！

　　PS：我更喜欢第一封信……

轩儿
2012.03.05 晚

自得其乐

一个会创新的人一定是一个严格遵守某些现有规矩的人

教育孩子都是从点滴做起的,而且要求家长要知微见著。看到孩子连续三封信格式都不对,就督促他守规矩。

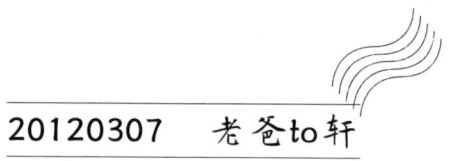

20120307　老爸to轩

轩儿:

你好!

发现了吗?从你的来信中也能体现出"多一分辛苦多一分收获,多一分认真多一分感悟"这一道理。这封信叙事具体、说理透彻,一看就知道用心了。相信老爸,长此坚持下去你会发现无论你的英文表达,还是中文的表达都会达到一个让人钦佩的程度。一个未成年人(manors)有些缺点毛病很正常,如何对待虽千差万别,但大体有三种模式,自然取得的结果也是天壤之别。一是从善如流,认真改正;二是虽认识到但由于毅力不足,改了一部分,甚至是半途而废;三是不仅认识不到问题,还自以为是地认为自己做得很对。(注意:积极阐述自己的观点,和家长老师共同找到解决问题的方法,是第一种模式而不是第三种)老爸很高兴地发现你越来越趋近于第一种模式了!

以老爸的亲身经历,我深深地体会到:一个有水平的、对你好的家长、老师、领导越是发现你是第一种模式的人,在鼓励你的同时,越会找出你越来越多的毛病。(从威克特夫妇和你所经历的老师身上,你是否发现这一问题?)孩子,你千万不要以为:"我怎么老是做不好,怎么做也不对!"你一定充满信心地认识到:"这个问题解决了,我就又进了一步。"因为我们是真心地希望你从优秀到卓越!如果你是后两种模式的人,别说他们,就是老爸也不会这样费尽心力地教育你。就如同你和我商量事情,我如果总是固执己见,你还会费力地和我讨论吗?谁会去做无用功呢?

道理说完了，下面做什么？对，继续给你挑毛病！1. 信的开头一定是：×××，你好！或您好！你也许会问：总重复这些有什么用？社会上有很多约定俗成的东西，能遵守的一定尽量去遵守，否则最起码是让人感觉不入流，甚至会给自己添很多麻烦。比方说每天都要洗脸刮胡子，你说我两天来一次咋的？没人会说你，但你会发现很多人离你远了。一个会创新的人一定是一个严格遵守某些规矩的人！2. 没有按时回信。这说明你的工作还缺乏计划性。按时完成工作很重要，在国外尤其重要。相信你一定对此深有体会。如果你今后能把学习、工作、写信的时间提前安排好，就一定能按时完成。3. 几个小马虎。"这两周最高兴的事就是装上了蹦床，最大收获也来于装蹦床（是装上蹦床），最大教训还是从装蹦床中得来的！"；"我由衷地（的）期待着"；"我在在（多了个在）学校里总……"。

一般来说，觉得时间过得慢一定是过得不是很愉快。你最近遇到什么问题了吗？还是思念谁了？希望你能和我聊聊，我会给你很多建议。

你猜得很对，和你讨论机票时我真是这种心情。最想你的人是我，但最希望你远走高飞的人也是我，你理解吗？下封信请谈谈，然后我再说。另外，总是这么大幅度地往前计划，真觉得时间快得吓人。

就写到这儿吧，再多了怕你消化不了。下封信我要和你重点谈谈人生的几个关键步骤及如何应对。

祝

快乐！

老爸

2012.03.07

老来伴儿

再简单的事也不简单

哈哈哈！看完自己的信后觉得很怀念。施肥看起来很简单，但是方法不对也会事倍功半。信的格式已经好了很多，看到了自己的长进也着实松了一口气：幸好还知道好赖。现在，看了老爸的回信后觉得又从中学到了很多。真的是温故而知新！

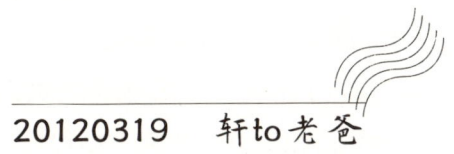

20120319　轩 to 老爸

爸爸：

你好！

抱歉这次总结晚了，最近实在很累。春假一晃而过，仿佛昨天才放假。状态还没有尽数找回。春假去了华盛顿特区，这算是最高兴的事情了。不过除了博物馆就没有其他特别能吸引我注意力的地方了。说实话，这次怀着兴奋的心情冲进博物馆，结果累个半死爬出来了。没有电影中那么精彩神秘，不过好玩的东西也不少。比如，希望宝石（Hope diamond），木乃伊，化石。亲眼见到霸王龙化石和在电视里看的感觉就是不一样。在华盛顿时常能见到一些穿着西装，打着领带的人跑得比刘翔都快，玩了命地赶公交。这也是旅行闲暇时的一件趣事。从华盛顿回来之后休息了两天，第二天就有让我获得极大的收获的事情发生了。周六早上刚起来，睡意蒙眬的我和往常一样起来抻了一个大大的懒腰，深吸一口气。但这一口气差点没把我呛死。我闻到了一股刺鼻的臭味。我心想："难道狗在我房间里大便了？"我急忙检查一下房间结果什么都没发现，我正好抬头往窗外一看发现正好有一堆"肥料"堆在我的窗前。我当时就冲出屋子，问威克特先生那一堆马粪是怎么回事。威克特先生说是他早上从马场里拉回来的。我说："你大早上开四个小时的车就为了拉一堆马粪？"他说："是给蔬菜做肥料用的。"我当时就释然了，不过转念一想："放哪儿不好，非要放到我窗前，给我闻味用的？再说我窗前离菜园还要走几步，为什么不直接放到菜园里？"于是我就问威克特先生，他回答说："你和威廉姆上午的工作就是把这些马粪铺到菜园里去。"我当时连哭的心都有了，我说你让我劈一天柴，也比铺马粪强呀！但是没办法，只好忍着恶臭，拿起铁锹，光着脚，如临大敌地朝着马粪堆走去。你可能奇怪我为什么不穿鞋，我要是穿鞋一脚踩马粪堆里去，我以后还怎么穿那鞋，就算刷干净了，但我的心里还是有阴影。我埋头苦干在马粪堆里，终于体会到农民伯伯的辛苦了！这还好是干的。这要是稀的，打死我我也不干！这实在是太难闻了！威克特先生还说："多么健康的便便呀！"我心说再健康那也是便便。不时有一阵微风吹过，吹得我满身便便，满脸泪花！被便便眯到眼睛了！！！徐徐微风吹来阵阵便便的恶臭。本来是一眼绿色，小草欣欣向荣，微风一吹，像扫把一样把落叶卷起又卷落，一些树木已经发出嫩芽，只见一个少年满头大汗地挥着一把铁锹铲起一堆便便，向下抛撒！不时微风拂过，吹得少年满身草屑，少年浑身散发着汗水与便便的味道。这也太煞风景了！干完后我足足洗了三遍澡才把味道洗净。不过转念一想这只是一天，而且只是干燥的便便，比起农民伯伯用来施肥的便便不知道好到哪去了。在心里也深深地体会到了农民的辛苦。不过，看着铺了满菜园的马粪心里也有一种自豪感。对了对了，说到最大教训就是下回打死也不在迎风处铲便便了！！！

祝老爸身体健康、工作顺利！

轩儿
2012.03.19

成功的人一定是一个有决心、有毅力、有方法的人

> 通信的尝试几乎第一次半途而废！孩子总是以威克特先生让我干活、作业多等为理由推托写信。最后气得我没办法只能直接给威克特先生写邮件说明此事。在威克特先生的"逼迫"下，他才完成此信。教育孩子绝无一蹴而就，贵在坚持。但真的很难！

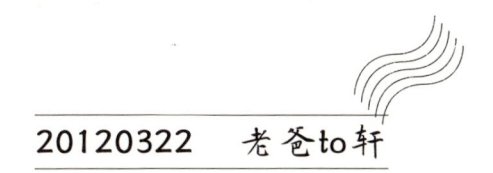

20120322　老爸to轩

轩儿：

你好！

看到你能及时改正错误，甚喜！一个好的习惯的养成绝不是一朝一夕的事，要经过不断的努力和强化。老爸为什么这么苦口婆心地要求你？因为我深深地知道一个好的习惯对一个人的成功太重要了！试想如果没有我小时候对你的严格要求和教育，你能对新生活适应得如此之快、如此之好吗？你的未来应该要靠自己闯出一片天地，那么你做事情就应该时时刻刻按照成功人士的标准来要求自己。成功人士做事有两个显著的优点：一是有计划；二是重信誉，也就是我们常说的"言必信，行必果"。你没有按时完成信，就说明这两点做得都不好，老爸能不着急吗?！对于日常的工作，你应该在熟悉了家庭和学校的规律后有个自己的时间表。比方说写信，你应该提前选个合适的时间并把它固定下来，<u>尤其要固定下来</u>，做到雷打不动。美国人一般是不打乱时间表的。如有特殊的事，比方说听音乐会，他们会提前几天通知你，如果你想去就要提前选个时间完成写信的任务。切不可干了这个忘那个，这样做轻则是伤了家人和朋友的感情，重则是将来很难在职场立足。如果老爸的这番话你听懂了，自然也就能理解为什么我会如此重视按时回信这件事了。你能及时改正说明你也认识到了，<u>但要坚持</u>，同时对别的事情也要做到按计划保质保量地完成。

给大地施肥真的是一个很好的锻炼,孩子这真是你在国外,在威克特先生家的额外收获。越是脏活累活,越是对意志品质的培养。年轻时这样的训练多了,当你将来遇到困难时就会从容地应对。<u>而一个成功的人一定是一个有决心、有毅力、有方法的人,因为只有这样的人才能解决常人解决不了的问题。</u>而这三个要素在这次劳动中你都学到了。粪脏,需要你有决心;施肥累,需要你有毅力;不迎风干,需要你讲究方法。相信你下回遇到类似的问题一定能做到:1. 愉快地接受;2. 先想好了再去做。

　　你的一切的成长都让老爸感到很欣慰,祝福你!

老爸
2012.03.22

思乡

以铜为鉴可以正身，以史为镜可以正今

当时写信的时候真的是有一种后怕的感觉。通过别人我可以看到自己的问题，有则改之无则加勉。但是如果自己都意识不到自己的问题，那真的是太可怕了！更重要的是，看到老爸在百忙之中还给我回信真的是很感动。

20120401　　轩to老爸

老爸：

你好！

这半个月过得真快，转瞬即逝。按理来说，半个月应该发生了很多事，但是觉得脑子里空空的，可能是自己没太留意吧。这半个月中家里来了一个W国的学生。他是因为腿骨折，同时他的学校正在放春假，没有地方去，所以威克特先生就让他到我们家来了。说实话，这个人很讨人厌。我连他的名字都没有记住。他走了之后，家里的人说起他都不是很喜欢他。我想如果我也和他一样的话那可就太悲哀了。我想了一下为什么他不受欢迎，以告诫自己。首先，这小子太不合群了！他刚来我们家的时候，我很热情地跟他打招呼，他连正眼都没看我一眼！长了一张僵尸脸，跟全家都死光了一样。虽然他腿骨折了，但是和人打招呼的时候应该面带微笑。<u>就像你当初告诉我的一样，永远不要对关心你的人发火。</u>我和威克特先生问他："你怎么样？"他连看都没看我们一眼，就回答不怎么好。我们一家给了他无微不至的关心，他却连一句感谢的话都不说。良言一句三冬暖，恶语伤人六月寒。我现在理解这句话了。每当我们做好饭叫他吃饭的时候，他总是说不饿。当我们都吃完饭了他却说他饿了！我这些都忍了。第二点，他太不懂得关心别人了。他每天晚上不睡觉，时不时地还大喊大叫，我理解他很疼，但是也不能毫无顾忌地大叫呀！别人都在睡觉。半夜1点多上厕所，发出"咔咔"的声音，实在让人受不了。那几天，我连续失眠。

第三点，根本不懂得爱惜别人的劳动成果！每次我们吃完饭，我都要扫地，把垃圾堆到一起，但是他连看都不看就从上面踩了过去，理由是"我走路不方便"。这我也忍了。他的腿出血把威克特夫人最喜欢的枕头染上了血，威克特夫人花了一晚上的时间好不容易把血渍洗掉了，他却又把它垫在腿下了！他有一个专门垫腿的东西，他却要用枕头！最后当他离开的时候，威廉姆的房间散发着阵阵臭味，床上、地上全都是血渍，搞得跟杀人现场一样！不懂得关心别人，别人也不会关心你。他给我深深地提了一个醒，以后我会在这方面多注意。空手道比赛获得第一名，很高兴！付出的努力、汗水都没有白费！相信自己，努力付出就会有回报！这半个月过得还蛮充实的。

祝老爸身体健康，工作顺利！

轩儿

2012.04.01

威克特先生怡然自乐

永远不要对关心你的人发火

> 看到孩子的自省非常高兴，这是一个人成熟的显著标志。点点滴滴的付出总有一天要开花结果的！这就是家长最高兴的时刻。

20120405　老爸to轩

轩儿：

你好！

来到杭州机场第一件事就是打开电脑看你的邮件。看到你一个人在外面能够不断地自我提高真是无比欣喜！看到我点点滴滴的教育能够时时刻刻提醒你，并能化作你自身的行动更是无比欣慰！正如我给威克特先生的信中说的：看到Eddie现在每一天都在进步，我觉得我过去所做的一切和将要做的一切都是值得的！

从那个人的身上你已经体会到："以铜为鉴（镜）可以正身，以史为镜可以正今，以人为镜可以正己"这一道理了。问题是很多孩子从小被溺爱，极度缺乏自律的教育、礼貌的教育。这使得他们很难认识到自己所做的一切有什么不妥，反倒会认为别人都不理解他。长此以往，朋友就会越来越少，路也就会越走越窄。在国外一定会遇到很多新的问题。希望你能事前向有水平的外国同学、朋友多请教；事中出了问题心平气和地详细解释；事后多总结。时间长了，周围的朋友就会对你另眼相看。老爸就是这样交了很多的知心朋友，这你是知道的。

要登机了先写到这。

晚安！

老爸

2012.04.05 于杭州萧山国际机场

20120406 老爸 to 轩

　　回来忙了一天，才坐下来。此次有幸体会了杭州最美的时节——春天，真的是不虚此行。到处是嫩绿的垂柳、盛开的鲜花、啼鸣的百鸟，以及如织的游人。暖风更是吹得人心醉。尤其是从东北的冰天雪地来到这里，反差实在是太大了，仿佛一下子来到了仙境。你知道我有午睡的习惯，下午3点到柳莺宾馆，本想睡一会儿。可脑袋一沾枕头，耳边响起的都是鸟儿的鸣唱，就立刻睡意全无了，马上出去融入那西湖无边的春色。还想了两句诗：嫩柳群芳拥满怀，游人西子醉春风。柳浪闻莺莺何在？苏堤春晓晓自来。感觉没太写完，但又写不出来了。你有兴趣可以帮改改。

　　春天来西湖第一个要看的当然是"苏堤春晓"，为此我5：30就出发了，因为7点以后就上游客了，人一多就意境全无了。站在苏堤上感觉同冬末最大的不同就是满眼的嫩绿色，也称之为鹅黄。透过条条垂柳去看周围的湖光山色，不仅不觉得她的阻挡，反而平添了春的生机。遗憾的是苏堤上的看桃没开，没有欣赏到绿柳桃花交相辉映的美景。不过桃花开时柳树应该没这么好看了，所谓"甘蔗没有两头甜"就是这个道理。

　　写信是一种相互的交流，在交流中不断提升自己看问题、解决问题的能力。我每封信的开头都要对你信中的问题给予解答或探讨。你也应在信的开头，就能够对引起你兴趣的我的观点进行一番点评，那些你认同的，那些你不同意的等等均可。总之，不要让对方感觉是一个人在唱独角戏。

　　祝
愉快！

老爸
2012.04.06

黄山午餐

成功就在于认真地坚持

这又是一封简单到气死我的信。所以我连发两封信提醒他,同时对写信的字数提出了明确的要求。教育孩子一定要具体。

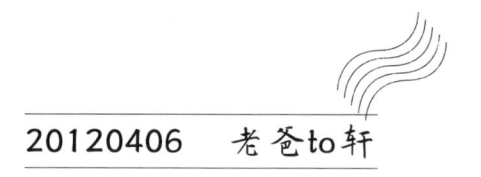

20120406　老爸to轩

轩儿:

你好!

时间快得真是怕人。见到你的信我才恍然,又是半个月过去了,而我还觉得才过了一周。知你在美国很快乐,甚慰!别人实际上也是你的一面镜子,你对他笑了,他也会对你笑。

只是你的信为什么越写越短?这样根本起不到锻炼语言的目的。你还没到能写出句句精化,一句顶一万句的地步。看来规定作文的字数还是很有必要的。

你最长的信是1200多字。你以后每封信都不能少于1000字!!!任何事情都是一样,只有苦了,累了,付出了才能有收获。你明知写这么少我不能高兴,为什么还要这么做?为什么要明知故犯呢?

儿子,我对你一切好的教育都以最后能化作你的自觉行动为最高目的。你现在未成年理解不了这么多,这很正常,但你一定要让我看到一次比一次进步啊!

祝好!

老爸
2012.04.06

惰性的可怕

上一封信因为学到了很多，所以写了很多。当看到老爸规定字数的时候真的是欲哭无泪。但自己是知道应该达到那个标准，可开始写的时候又开始犯懒，不知道怎么写。现在看来老爸生气真的是很正常。连我自己都觉得不应该如此懒惰。

20120416　轩to老爸

老爸：

你好！

我这半个月混得还不错！虽然没有什么惊天动地的大事件发生，不过过得很充实。儿子我现在是两耳不闻窗外事，一心只读英文书。其实也没有什么闲心关心新闻，我没事就行。看到你给我写的关于杭州的信发现你真的很喜欢杭州。可我却不一样，我比较喜欢大城市，对于自然的景观倒是没什么兴趣，虽然有新鲜的空气，迷人的颜色，但我还是不特别感兴趣。因为我还年轻！我现在很喜欢空手道课！我每天都要去，在那里我觉得很高兴，很放松。那里有各种各样的人，有各个年龄段的人。我和每个人都是好朋友！说句实在话，我现在是整个空手道学校最受欢迎的学生。当我晋级、获胜的时候全场为我欢呼！那感觉！老师也对我说："我很高兴你来我们学校，你经常能让大家开怀大笑！"这可能就是上帝赋予我的长处。不论我到什么地方，我都能和大家打成一片，我一定会好好运用这个天赋。对于你说的把握好机会，我会改正，我会尽量与别人交谈，把握住机会。我要学习了，这周还有变态考试，我笑对考试！哈哈哈！

祝老爸身体健康、工作顺利、笑对开会！

轩儿
2012.04.16

20120424　老爸 to 轩

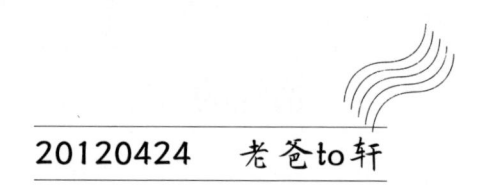

轩儿：

你好！

本周你又要写信了。一看又感到头疼了吧？！为什么会头疼呢？一是目的不明确。做任何事情目的不明确或不接受就不会产生巨大的动力。没有巨大的动力其结果要么是半途而废，要么是糊弄。而孩子你的特点是接受任何事情都较慢，但一旦真心接受都能做得很好。为了让你认清写信的重大意义，老爸不得不老眼昏花地费力多啰唆了。二是不熟。这没有别的办法，只能多练，熟能生巧。我在这里主要还是帮你明确目的，就是为什么要<u>写好信</u>。

1. 培养你归纳总结问题的能力。如何在纷繁的事务中，在浩如烟海的知识中归纳总结出最根本的东西，这是一个成功人士必备的能力。世贸组织文件塞屋，总结起来就两个字："谈判"。只有总结出最根本的东西，才能使你的工作和学习方向正确，事半功倍。写信恰恰就是要求你把两周事情用 1000 多字描述出重点。

2. 培养你逻辑思维的能力。你可能一直有个疑问：QQ 聊天不是一样？聊天最大的问题就是信口开河，对思维能力没有大的帮助。而写信，尤其是你改一遍的过程对你的这种能力的提升会有很大的帮助。

3. 培养你的韧性和耐性。任何能力的培养没有这两性都是无源之水、无本之木，结果只能是空谈。为什么这个世界上看清问题的人较多而最后成功的却很少，没有这两性是最主要的原因。这也就是你看到很多人在事后拍大腿说：我要再坚持一下不也成功了！其实他们不知道<u>成功就在于认真地坚持</u>。

儿子，你现在也许看不出写信对你有什么用，但这种功夫的培养是"润物细无声"的，就像学汉字和背单词一样。半年、一年以后你一定会发现它所带来的好处。而且是越往后越有用，你越有能力越有用。相信老爸！

开诚布公地说，现在对我来讲最劳神、最费脑筋的事就是给你写信，但一想到它对你未来的帮助我就甘之如饴。

让我们彼此鼓励，共同坚持！

期待着你的下一封信，要多于 1000 字哟！

老爸
2012.04.24

坚持到底

瑕真的不能掩瑜吗？

看到自己信的时候就觉得写得有些仓促，看了老爸回信的时候才发现，原来自己又拖了。真的是不知道该对当时的自己说些什么好了。不讲信誉这是一个致命的缺点，而这些都能通过写信这样的小事暴露出来，可见写信的关键。

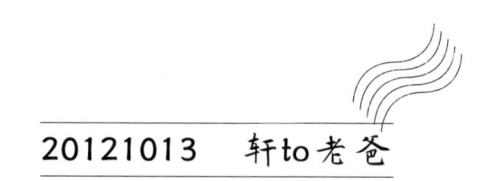

20121013　轩to老爸

亲爱的老爸：

来到美国之后已经没有了第一次的不安和忐忑，不过依然对新的一年的生活充满着期待和兴奋。这两个月的生活说平淡却又充实，总之还是那句话："从适应到不适应再到适应。"这是对我的这两个月最好的概括了。

刚回美国的时候，一切都未变，除了家里的院子，原来成排的冬青树由于台风的关系现在已经只剩下了寥寥的几棵。在我走之前还经常和威廉姆在那里捉迷藏、打水仗，现在只能在房子里玩，还是在威克特先生不在家的情况下。回家后和威克特夫妇聊了聊我在中国的事情，又听他们说了说他们暑假的趣事，这回家的第一天就这样过去了。在家里休息了几天后终于迎来了开学的日子，早早地起床后，一切都和平常一样，直到走进学校的那一刻。我看到了起码二十多个国际学生在一起聊天，和菜市场一样，吵得我一阵头晕，我赶快低头从旁边走了过去。新的学年、新的学科、新的教室、新的老师、新的同学，这些都是我要去慢慢适应的。我的圣经老师是谢尔夫先生，开学之前听到大家都在说谢尔夫先生的课怎么怎么样的难，考试怎么怎么样的变态。今年当我看到我的老师是谢尔夫先生的时候突然觉得我的天空一片黑暗，当时我就觉得我的圣经肯定要挂科了，但是随着我对谢尔夫先生这个人和他的课慢慢了解之后我发现他的课其实一点也不难，相反还很简单，就是大家一起坐在沙发上聊聊天就行了，考试更是简单，全都是选择题，而且只要选最长的或者"以上全对"的选项就可以。新选的英语课让我感到压力山大，英语课上学的都是一些很古老的文献，美国人都不一定能读懂，更别说我一个中国人，不过凡事都要尝试，在威克特夫人的帮助和我自己不懈的努力下还是把英语成绩稳定在了A的最低线上。在学校里看到老同学大家还是很亲切地打招呼或者拥个抱。说到拥抱，真不知道校领导是怎么想的，现在全校内禁止拥抱。这个规矩引起了全校男生的愤怒，因为最后可以吃到女生豆腐的借口也没了。

  两个月一转眼就过去了，我渐渐地适应了新的环境，和同学相处也越来越融洽。不过，以后的一年还会有更多的挑战，更多的人或者事物在等着我去适应。不能改变环境，就要去适应环境。老爸帮我改变了环境，现在我要努力适应环境，到目前为止我觉得我还是比较适应的。我会继续努力，努力适应新的事物的。

祝老爸身体健康，工作顺利！

轩儿
2012.10.13

威克特夫人和她的小儿子威廉姆

一俊不能遮百丑，但一丑却能遮百俊

通信的尝试几乎第二次半途而废！我真的差点再也不想给他写信了，既费精力，还生气。但不能，因为我是父亲！我只能再次给威克特先生写信让他帮助我劝说孩子写信。

现在想起来，每个人都不愿意做额外的工作，孩子尤其如此。当他看到别的同龄人都没有这个"苦差事"，他的心里一定很烦，更想逃避，这点需要理解。教育孩子也和打仗一样，胜利很多时候就在关键时刻的一点坚持！

20121013　老爸to轩

"一俊遮百丑，一丑遮百俊"。你这次无疑是后者。我是没有办法才给威克特先生写的信，让他帮我监督你完成这个任务，因为在这件事上我已经不信任你了。我真的没想到在这样一个对你有好处的事情上你会这样不给我面子。

我非常注重对你进行讲信誉的教育，因为我知道无论现在还是将来这是你的立身之本。而且我也一贯是以身作责的（尤其是在你身上）。写信很重要，透过写信暴露出你不讲信誉的苗头更重要。都没人信任你了，你有再大的本事又有什么用呢！

这封信至多花废你半天的时间，你为什么这么拖沓呢？是故意气我，还是其他什么原因？还是以为你到了美国我就管不了你了？……

在下封信（10月21日前）的开始你一定把这个问题回答了。

你不想做一件事直接把理由说出来，都比答应了不做强。这是最差的解决方案！！！

另外与人相处，一定要像高手过招一样，点到为止。千万不要鱼死网破。你明知道我已很生气了，为什么还不赶紧完成，逼着我使出最不愿意用的办法？！

你现在应该是在逆反心理期，所以你和我争论什么问题，甚至大声嚷嚷我都不会生气。但明知对的事情却不去做，就是不知道好赖，是永远都不能原谅的！！！

　　一万个不理解你为什么会这样做。如果你对我曾经对你做过和将对你做的一切还心存感激的话，希望你能给我一个真实的、合理的解释。

　　谢谢！

老爸
2012.10.13

黄山

那一抹潇洒的绿色

> 其实我自己觉得这封信还可以,不是我故意这么说,而是因为当我写这封信的时候我并没有怎么思考修辞之类杂七杂八的东西,完全是有感而发。可能也正因为是这样,老爸才觉得这封信非常好。可见真情实感才是最好的写作手法。

20121020　轩 to 老爸

亲爱的老爸:

你可能会对这张照片感到不解,一会儿我会对这张图片做出解释。先来说说这个月来最大的事情——PSAT。当我听到 PSAT 的时候我的一个头有两个大,无论什么东西只要一和 SAT 有关就肯定是件大事,不出所料,这 PSAT 是 SAT 的模拟测试,全美高中生都要参加。考试当天整个体育馆都坐满了人,500 多名学生在下面交头接耳,可我实在没什么心情欣赏这壮景,我一直在想到底会给多少时间去上厕所?因为上次的模拟测试都没给时间上厕所,害得我都不能静下心来读题。随着老师的一声"考试开始"整个体育馆瞬间安静了下来,这不得不让我佩服 PSAT 带来的威慑力,这可真是"虎躯一震,王八(王霸)之气"。考试进行了三个小时,却只给了 8 分钟休息时间,我将这宝贵的 8 分钟充分地利用在了厕所里。考试一共有三个部分:生词、数学和写作能力,当然写作能力并不是让你写作文,而是让你选出哪个句子最适合在文章的某一个位置上。你可能会感到奇怪,为什么没有阅读,因为生词部分已经包含了阅读,就是因为这个,大部分的文章我都没读懂。数学答得轻轻松松,最难的一道题就是用二元一次方程,还是最简单的那种,直接给你 x 等于几 y。写作能力那部分我小心审题,反复推敲也算有惊无险地答完了,真正让我头疼的是生词部分,百分之八十的生词我都不会,不过有一些词可以从开头部分来判断出大致意思。连蒙带猜地结束了考试,我着实松了一口气。美国考试真是"不考则已,一考就煳"。

通过考试也意识到以后应该加强生词训练了，不过还好英语课正在讲生词。

繁忙的一周结束后，本来想过一个放松的周末，不过事违人愿，今天一大早威克特夫人就让我去帮茱莉亚（威克特先生的大女儿）铺路，我只能带着一丝倦意提着铲子跑去了茱莉亚家。忙了一上午后，看着铺好的路心里不由得感到自豪，弯腰把地上散落的石子捡起来的时候偶尔瞟到了树干上的一片"绿叶子"，仔细地观察了一下发现是一只虫子，翅膀长得很像叶子，它正在往树上爬，爬得很慢很慢。茱莉亚的儿子葛布勒正好也看到了，他一下把虫子扔到了地上。我刚想对葛布勒说以后不要这样做的时候，却发现小虫正在努力地往回爬，虽然很慢但它却是正在努力着。我认真地看着小虫，它从地上又重新爬回了树干上，重新向着树顶爬去，它一步一步缓慢却又坚定地向上爬着，但我觉得它这么慢估计N年后才能爬到顶。在我愣神的时候威克特夫人叫我去帮茱莉亚除草，我就匆匆地离开了。今天晚饭前我又去了一次，发现小虫已经不见了，我不由得感到很失望，抬头向树顶看了看，突然发现小虫已经爬到了半树腰（比我高半头）的地方了，还在一步一步地向上爬。这时我真的很佩服小虫，这也让我想到：无论别人以前如何看你那都已经是过去时了，只要自己不断努力，不断坚持，总有一天会突然发现不知何时自己已经成长了、进步了。抬头看了看已经泛黄的树叶，那刺眼的黄色和小虫的碧绿色显得格格不入，不过我相信当雪花纷飞的冬天过去，苏醒万物的春天回归的时候，那努力的小虫一定会成为那抹最闪亮的绿色。

轩儿

2012.10.20 夜

努力的小虫一定会成为那抹最闪亮的绿色

这是通信以来孩子写得最好的一封信。艰苦的等待终于迎来了曙光！

"我当年面对你的腿骨裂……"这句话是指：孩子初中一年级的时候右小腿摔骨裂了。医生初步诊断要整个右腿固定，这样就要休学三个月，其实就是降一年。因为以他们学校的学习强度，休学两周都很难赶上。后来我找到老朋友、中国医科大学附属一院骨科李长友教授，他给出了只固定小腿的解决方案。这样，我就在学校旁边借了朋友的房子，每天早晨把他送到学校扶他拄拐上楼，扶他坐到放在班级的轮椅上，然后再开一个多小时的车到单位。晚上8:30再从学校把他接回来，写作业、吃夜宵、交流思想。由于孩子从小学一年级开始就在寄宿制学校读书，我们父子难得朝夕相处，所以虽然苦点儿、累点儿，但却是物有所值。早晨，在和孩子一起挖野菜时，我突然想出了这么两句：人生困顿寻常事，相逢唯品苦菜香。到现在也没想出前两句。

20121021　老爸to轩

尤其是最后一段，写得太好了，仿佛嗅到了《落花生》和《小橘灯》的味道。这也使我回信的压力很大，我随后会仔细回封信。

一丑遮百俊，一俊却不能遮百丑。一定尽快（最好是今天）把我上次问你的问题回答了！！！有了问题不怕，怕的是有了问题不去认真面对，一错再错。切记！

威克特先生不在家，你更要帮威克特夫人多操持家务。

老爸
2012.10.21

20121021 轩to老爸

亲爱的老爸：

　　说到上个月的事情，其实我真的是有事，不过我已经知道先来后到的道理了。上个月由于刚开学的原因，各种新老师的规矩都在适应阶段中，老师们还都留了大作业，真的是有点焦头烂额。不过我自己也有错，我不应该先帮助威克特先生而把你的信向后推。你说得没错，一俊不能遮百丑，但一丑却能遮百俊。如果写的字难看，那你作文写得再好也没用，因为没人能读得懂你写的字。如果你考试抄袭仅仅一次，那你以前学习成绩再好也没用，因为没人会相信你。我以后一定会记住自己的首要任务，一定会按时完成信件，一定会记住一俊不能遮百丑、一丑却能遮百俊和先来后到。

轩儿
2012.10.21

黄山

20121024　　老爸to轩

轩儿：

你好！

这两天虽然没动笔给你回信，但脑子里却一直在构思。应该说给你和威克特先生写信是我目前最难，也是最重要和最愿意做的工作。给他写信主要难在如何用我这蹩脚的英文表达深刻、复杂的意思。给你写主要难在要做到既对你有所启发又不失文采，加之你10月20日的信又写得那么好，使我顿感压力倍增。当然，这也是我最乐于承受的压力。有什么能比看到自己的孩子一天天成长还令人高兴？！

老爸一直让你分析未及时给我写信的原因，你是否觉得很烦？心里一定在说：我写了就得了呗，怎么还盯住不放？

还记得"勿以善小而不为，勿以恶小而为之"吗？如果老爸对你的小毛病不盯住不放，那就是对你的未来不负责任。等到你将来因这样的小错误失信于朋友、同事、老板，岂不悔之晚矣！很多人为什么失败了却找不到原因？主要是因为小的时候没人及时地、认真地提醒他们改正毛病，他们也就根本没有认识到自己身上的这些毛病是问题。（在威克特先生家养病的那个W国孩子，他认识到自己的问题了吗？）所以一出现问题总是问：哪儿错了？错哪儿了？你成长到今天，如果没有环境和心理的巨变，做那种抢银行、贩毒这样的事儿的可能性是很小了。关键问题就是改掉这些"恶小"。细节决定成败，切记！切记！

为什么要你自己有了认识我再说呢？处理困难（问题）的四个步骤：面对它，接受它，处理它，忘掉它。哪个最难做到？我认为对于年轻人是前两个，对于中、老年人是后两个。因为年轻人忘性大，对很多事儿都无所谓。更有甚者，竟然说：我就这样了，爱怎么地怎么地！真是朽木不可雕也！如果你也是这种态度，那我说了又有什么用呢？

很欣喜我儿子不是这种混孩子，老爸这些年的教育也算没有白废。我也有兴趣和你做更深入的交流。年轻人犯错误是正常的。在家长、师友的指导下，只要本人能认真改正，都能够做到化腐朽为神奇，更能避免将来犯更大的错误。但"改了再犯，犯了再改"不在此列，那是屡教不改！这件事你最起码可以接受三个教训：1. 一俊不……一丑却能……2. 要保质保量地完成对别人的承诺，重要的是要有先来后到，切不可顾此失彼。否则，还不如不承诺。3. 要有危机处理意识。前两个你都认识到了，我重点说说这个。危机处理也叫危机公关，是指在突发的危机面前迅速拿出解决方案化解危机，把损失减少到最小。例如，"9·11"事件考验的就是国家的危机处理能力。你如何应对老师突发的批评和在学校、家庭的突发事件，考验的就是你个人的危机处理能力。这个能力要不是从小培养和在日常生活中积累，一旦面对一定是手足无措，不可能做好。危机处理最差的就是应对办法错误，结果越忙越乱，适得其反。其次就是束手待毙。"死猪不怕开水烫"，爱怎么地怎么地。记住：<u>问题是永远不会自行消亡的，漠视只能使情况变得越来越糟，就如同有病不治会越来越重一样。</u>最好的当然是快速想出正确的应对措施，积极解决难题，如能做到变坏事为好事则是最高境界。我当年面对你的腿骨裂，积极应对，不仅治好了病，还帮你养成了一些好的学习和生活习惯应该算是一例。而你此次，明知道我已经非常生气了，还不闻不问，等着我发火，算是哪种情况？第二种，束手待毙。如果你在学校和家庭，明知道家长和老师对你的表现有不满意和不理解的地方还不去解释和应对，其结果只能换来别人对你更深的误解。万里相隔，不能时时交流，所以希望通过一件事给你尽量多的指点，以求你在今后的生活中能够举一反三，不犯类似的错误。

  说了这么多问题，但瑕不掩瑜。你的表现、你的毅力在同龄的孩子中绝对是出类拔萃的。威克特先生都和我说：I am proud of eddie.（我为轩儿感到骄傲）能在这么短的时间取得威克特先生的认可，说明你付出了很大的努力并取得了可喜的成果，也为你的进一步发展打下了坚实的基础。祝贺你，孩子！看来小时候朱自清的散文没有白背，从你的每一封信上我都能看出他的那种清新自然，简明扼要，娓娓道来却又十分传神的影子。看来你写完后没少改。尤其是10月20日这封信，写得太好了！从对小虫的感悟，老爸看到了我盼望已久的这种自我鞭策、自我激励的力量出现在你的身上。这种力量是克服一切困难，取得胜利的法宝。恭喜你，孩子！如果前半段改成你遇到了什么挫折而灰心丧气，比如说PSAT没考好等等，然后遇到了这个小虫子……这就会是一篇十分出色的散文。

　　老爸我真为你能在国外适应得这么好感到高兴、自豪、欣慰。努力吧，亲爱的孩子！虽然老爸我永远成不了那个爬上树顶的虫子了，不过我相信当雪花纷飞的冬天过去，万物苏醒的春天回归的时候，那努力的您一定会成为那抹最闪亮的绿色！！！

　　祝
快乐健康！

老爸
2012.10.24

黄山

谈恋爱还有点远，可是亲人却就在身边

看看老爸的回信让我有点哭笑不得，这可是老爸给我回过的最长的信之一了。基本上都在和我说关于恋爱的事，应该是在给我做铺垫。看了以后觉得还是很受用。我觉得在交流对同样的事情而产生不同看法的时候，写信是一种非常好的方式，可以让人有时间消化、理解。

在这封信里讨论的文章是老爸读后给我发过来的，并询问我的看法。文章大体内容是：主人公的父亲是个美国人，母亲是中国香港人，但不会说英语。他们生活在美国。由于没有很好地交流，主人公有些瞧不起自己的母亲，更别说理解母亲的爱了。后来母亲去世了，他知道这一切后很后悔。

20121122　　轩 to 老爸

亲爱的老爸：

今天是感恩节，儿子在这里祝您感恩节快乐。感谢您这一年来对我的关心、感谢您这一年来对我的教导，更感谢您为我的成长所付出的汗水和努力。儿子我铭记于心。

这个月过得平平淡淡，起床，上课，回家，过着三点一线的生活。在学校和同学开开玩笑，和韩国美女聊聊天，在家和威克特一家谈谈一天的收获，过得真的很惬意。虽然学习有些压力，不过还能应付过来。英语课讲了一本新书叫《红花侠》，据读过的人说，这本书挺好玩的。有时间你也可以读一下，应该没有中文译本。这本书让我瞬间感觉压力山大，老师基本不讲，自读基本不懂，考试基本会煳。但是威克特先生从今天起每玩（晚）会读给我和威廉姆听，并做出适当的讲解，这就大大减轻了我（的）学习的压力。

这个月我过得最开心的一天就要数我的生日了，生日当天家里的柱子上和我洗漱

台（的）镜子上就贴上了"生日快乐"的彩纸。每个人都对我说生日快乐，在学校每节课大家都给我唱生日歌。我的历史老师还给了我一个"A"做（作）为生日礼物。虽然这只是一个小考（，）不过也很让我感动。一些我不认识的人也对我说生日快乐，我问他们怎么知道今天是我的生日，他们说是我的朋友告诉他们的。回到家后，威克特夫人给我们准备了一顿丰盛的晚餐，我们一起说说笑笑。晚餐之后，我给蛋糕插上蜡烛大家一起唱起了生日歌，过后我把蛋糕切给威廉姆吃了。威克特一家给我准备了三样礼物：一是三美元的礼物卡。二是六个很稀有的美国各州的硬币，还有一个收集州硬币的册子。三是每个人都给了我一个生日卡。我那天晚上做梦都在笑！。

你给我的文章我读了，虽然有几个地方没太读懂，不过大致背景还是搞清（懂）了。我认为人与人的沟通确实很重要，但是结合文章我认为悲剧是不能避免的。首先，主人公的母亲根本就不会讲英文却生活在美国，这就造成了主人公不愿意和母亲交流，从而疏远甚至鄙视母亲。其二，他的父亲也没有好好地与儿子沟通，。首先他父亲在和主人公讲如何和他母亲认识的时候，故事就让主人公对他的母亲产生了鄙视的情绪。，如果他的父亲能够及时纠正或者改变主人公的观点，那么悲剧也就不会发生了。其三，主人公也有错，（。）虽然他的父母没有表达出他们对他的爱，但是主人公也应该知道父母爱他。就像你教导我的一样，永远不要对关心你的人发火，（。）主人公不能很好地控制情绪，不能很好地发泄情绪，或者根本就不明事理，如果他当时对母亲心平气和地解释而不是大声吵闹，事情的结果绝对是不一样的。总而言之，言而总之，我认为人与人之间的交流很重要，但是，在我们交流前一定要控制好自己的情绪，心平气和。交流时一定要时刻为对方着想，要学会倾听，就像《圣经》里说的"要快速地听，缓慢地说"。交流后要换位思考，想一想刚才他的话我不是很爱听，但是如果我站在他的立场我会怎么说，我是不是也有什么难处。

最后一点，当你和别人交流的时候一定要在心里想着"她（他）爱我"，不论是朋友还是你的对手。

最后祝老爸身体健康、万事如意、工作顺利！

轩儿

2012.11.22 感恩节

任何事情不懂就神秘，神秘就愚昧，愚昧就犯错

对孩子的教育，我经常采取讨论、启发，最后由孩子自己得出结论的办法。我比较注重提前教育，任何事情等发生了就来不及了，教育尤其如此。10岁左右就进行逆反心理的教育，13岁就让他自己骑车上下学，这不现在觉得要说说爱情的事儿了……

20121207　老爸to轩

先把改过的发给你，有时间再给你回信。你越来越成熟了，使得我回信的欣喜和压力都在倍增。感谢你带给我的这种感觉！

轩儿：

你好！

能在感恩节收到你的来信真是意外惊喜。按我的想法你一定是左手拿着火鸡腿，右手拿着游戏机，沉浸在节日的气氛中，早把写信的事儿忘到九霄云外了。应该说作为一个孩子这也是可以原谅的。这次按时回信说明你已经长大了、成熟了，因为你懂得了在任何情况下都要想办法完成自己对别人的承诺，也就是我们常说的：责任重于泰山（承诺是责任之一）。长此以往，你就可以树立良好的信誉，而良好的信誉恰恰是你在将来安身立命的根本。

对我给你推荐的那篇文章的评价非常到位，说明你的理性思维能力越来越强了，可喜！引用《圣经》的那两句话对我都很有教育意义，使我有一种朋友相互交流的感觉。先父子，后朋友，乃父子关系的最高境界，也是我对你教育的最终期望。你的努力和睿智让我提前看到了这种期望的曙光，可酣！（取自李白：蓬莱文章建安骨，对此可以酣高楼）

毛泽东主席说他这一生做了三件事：一是打跑了蒋介石，二是建立了新中国，三是发动了"文化大革命"。凡夫俗子的你老爸我，活到现在应该说只做对了一件事：就是对你的培养！现在，不管身边的人怎么被提拔，怎么发财，我在一丝悲凉过后一点都不羡慕。因为一想到你能快乐、健康地生活，我就有一种"内有足乐者，而不只口体之奉不若人也"的满足感。

吃和性是人类最基本的，因其是最基本的，所以也是最重要需求。没有了吃人类就不能生存，没有了性人类就不能延续。也正因为它们是最基本的，所以我认为世上的一切高深的理论都可以用吃和两性关系来比喻。如果比不出来，那说明这个高深的理论你还没有学透。比方说相对论就可比为和一个漂亮的女孩在一起一小时就好像过了十分钟，反之，十分钟好像一小时。你也可在学习、生活中自己试试。就像不理解为什么词留下了而更宝贵的音乐却消失了一样，到现在人们也很难解释为什么中国的吃文化很发达，而更重要的性文化却几乎为零。它的直接结果就是造成了很多国人不懂得什么是男女之爱，不懂得如何去爱，从而造成了一代又一代的爱情悲剧。有结婚不懂如何生孩子的，有不懂得如何两情相悦的，有采取恶毒手段对待分手的伴侣的……不一而足。现在孩子你也到了这个年龄了，又身在国外，老爸我希望你把这爱的一课补上、学好，这样才不愧为一个真正的男子汉！荷兰是性文化最发达的国家，可也是未婚怀孕率最低的国家。为什么（会这样）？就是他们有开放的性教育。任何东西不懂就神秘，神秘就愚昧，愚昧就犯错。所以你要通过上网等多学学这方面的知识，包括如何对待异性，如何注意安全、卫生，等等，不懂的地方可以随时问我。很多中国人以为一谈性就难以启齿，这是最要不得的。学习它一定像学习做菜一样自然。任何事情唯有不懂才是最可悲的！

恋爱这个题目很大也很复杂，就像吃的东西一样五花八门，而且萝卜白菜各有所爱，所以只能总结一个大的方向，很难有个一定之规。就像只能告诉你有毒的不能吃、什么样食品必须小心和什么样的食品应该怎么吃，但如何吃得更好、吃出新意、吃得更符合你自己的口味则要你自己不断学习、实践、总结，别人是无法替代的。关于恋爱，老爸总结了几个大的原则与你分享，希望对你有所帮助：1. 目标要明确。就是要找个什么样的人自己心里一定要清楚，否则，就会铸成终身的遗憾。这也就是老爸为什么从小就反复和你强调那两个标准。2. 既要穷追不舍，又要适可而止。

这看起来有些矛盾，实质上是对立统一的。就像做菜，既不能太老也不能太嫩一样。就是在恋爱的初期要想尽办法让对方高兴，尽量多接触。女孩子开始时总是矜持的，只有用男人的热情和坚持才能过这道关。为什么很多条件很好的人最后找不到对象？主要就是他们自以为条件好，而不去死皮赖脸（此时是褒义词）追女生。但一旦发现对方确实不喜欢自己或不是一路人，就要马上停止，不要再浪费时间和精力了。一定记得：天涯何处无芳草。千万不要这顿饭吃不上，下顿也耽误了。3. 要好合好散。好合就是在一起多享受快乐的时光，彼此多学习对方的长处。处长了以后，还要互相提醒不足，这时改正缺点也是最快的。和其他任何关系一样，好合容易好散难。分手时一定不要做那种彼此恶语相加，甚至大打出手等焚琴煮鹤的事。一定要让对方感到虽然和你分手了，但和你相处的美好时光却值得保留。在一起时送些小的礼品、请对方看个电影、吃点小饭是应该的。男孩子一定要表现得大方一点。如果外国女孩独立性强，一定要入乡随俗。有些人分手时还要对方赔偿礼品和恋爱时的花销，这是非常可耻的。造成这种情况的原因无外乎两个：第一，他没有量入为出，一激动花多了，比方说才见了几次面就给买个钻戒，或买较贵的服饰……刨去对方有意欺骗的可能，这只能怨他自己。第二，如果没花多，他就是忘了这些花费也曾给他带来过欢乐。4. 任何时候都不要忘了男人的根本是要有真本事。如果在学校时学习好、有较多的业余爱好、积极参加社会活动，将来事业有成，你就永远不愁找不到女友。切不可因一时没有女友或将来和女友分手而一蹶不振而耽误了这个根本。5. 最后，也是最重要的，就是你自己要多实践。要知道梨子的滋味只有自己去品尝。要多创造机会和你心仪的女孩在一起，并争取尽快有实质性的进展。中间分分合合是很正常的。不处五个以上就结婚，我认为都是不成熟的。就像学做菜一样，不经过几次失败怎能把一个菜做好？

  这封信前后写了一个多星期，除了我最近比较忙，还有就是爱情方面的事也比较难表述。说浅了隔靴搔痒；说深了，因为你没什么实践（我是从你的表现上看的，不知是否有你曾经实践过但没告诉我的情况），又怕你接受不了。应该说我把几十年关于两性相处的心得大体上都表述了，希望能对你有所帮助。

  这两天无论是去金帝会馆洗澡，还是回家，总觉得好像你就在我的身边一样，一种想念之情油然而生，难以自禁。我总认为一个人，尤其是一个男人，当他想孩子的时候就意味着他老了。看来老爸我真是老了！
祝健康快乐！

老爸
2012.12.07

少林寺

寄 语

瞬间即永恒

王 岗

　　小轩，微胖而壮，眼睛明亮又清澈，脸上永远洋溢着笑容，充满阳光的大男孩。他乐观、开朗、自信、向上，小学时既是大队长又是周恩来少年读书旧址纪念馆的第一位学生解说员。他声音洪亮、吐字清晰、手势落落大方，加之与生俱来的亲和力，吸引了众多参观者的目光。他就像春日午后的阳光，温暖而不炙热，靠近他就会感觉舒服。

　　老于，温厚儒雅，不开口时有些高深莫测，开口时字字珠玑，闲聊时总会不经意间成为话题的主导者，吸引众多目光，往往具有醍醐灌顶之效。认识老于是在一次家长会上，我于走廊巡视中，被一个正在为家长做经验介绍的人所吸引，驻足倾听。经询问，此人就是该班的学生家长——于小轩的爸爸。老于感于我的倾听与欣赏，主动与我相交，遂成为朋友，如今已为老友。老于对小轩的教育，初接触的人会以为漫不经心，其实他一直在关注小轩的成长。小轩的点滴成长，他都记录在心，却很少干预。他就像一位智者，重观察，提建议，不指责。但在孩子成长关键的节点上，他就一定会发挥全身智慧，调动一切力量，帮助孩子认清问题，找对方向。小轩从小学起就住校，初二后又去了美国，与老于相处的时间并不长，但父子之间没有丝毫疏离感，也不似普通中国家庭父子的感觉。他们之间没有年代，没有鸿沟，只有平等、相知、理解和默契，这应该是父与子之间的最佳状态吧。我喜欢小轩这个孩子，庆幸有老于这位老友，羡慕这一对的父子关系，祝愿他们永远健康、快乐！更希望小轩和老于的家书能帮到更多的家庭。

不一样的圣诞节礼物

> 我当时读老爸回信的时候觉得写的信是每一个月的总结,肯定是有好有坏,觉得自己因为这种事被"惩罚"很是委屈。但是现在看看,确实如老爸所说,一次写信也是一次锻炼。

20121225   轩 to 老爸

亲爱的老爸:

今天是圣诞节,儿子祝您圣诞节快乐!圣诞节是美国最重要的节日,在这一周里我也体会到了这点,大家都在为圣诞节做准备,买东西,买食材,选衣服,等等。这一个月来也没什么新鲜的事情发生,期中考试的到来给学校里的气氛添了一丝压抑,不过对于我来说这个假期还是以放松为主。

儿子我先来给你介绍介绍圣诞节的由来。众所周知,圣诞节是为了庆祝耶稣的诞生。两千多年前,天使来到牧羊人前说:"不要害怕,我为你们带来了好消息,救世主已经诞生,快去寻他,在大卫的城中。"牧羊人去了伯利恒,去拜见了在马棚中的耶稣。天使在为耶稣唱歌,富有的人带来金子和各种物品来拜见救世主。这就是圣诞节的由来。圣诞节,英文是Christmas,来源于天主教,每年天主教都要举办耶稣弥撒(Christ's mas)来庆祝耶稣诞生。这就是西方圣诞节的由来。在美国圣诞节大家都欢聚一堂,吃圣诞节早餐,然后拆礼物。

在上周四,学校里表演了一个话剧,其中有一个场景就是一个人在演讲的时候把纸拿反了结果弄了不少的笑话。这不仅让我想起了当年和你一起准备的小品,更让我想到了一个重要的道理:人的一生中会有各种各样的困难和挑战在等着你,你可能会勇敢地挑战它、面对它,也可能逃避它,不愿意面对它,更有可能屈服于它,抱怨自己的生活太艰苦了,自己活得太累了,自己的生活太无聊了!当你有这些负面想法的时候一定要记住你拿反纸了,当你翻看另一面时,你一定会发现生活有多么的美好!一周前在美国发生了另一起枪击案,死了18名孩子,这就意味着今天会有18个家庭在圣诞节,这个全家欢聚一堂的节日会没有他们的孩子陪伴。而我,今天会有一顿丰盛的早餐和礼物。我就觉得我的生活真好。

老爸你工作很累,儿子我一直挂记在心。当你在工作或者生活中遇到困难的时候请在您心中说:"Life is hard, but it always better than I thought."(生活是艰难的,但它总是比我们想的要好)

我们这里很多人都感冒了,也请老爸注意身体。

祝您身体健康、工作顺利、圣诞快乐!

轩儿
2012.12.25 圣诞节

黄山

天才一定是那些在有条件、有前途的年轻时候就知道刻苦的人

这封信和前一封比真是索然无味,大大地退步!培养孩子最难的地方就在于错误不断地改,不断地犯。这也是要求家长多陪伴的原因。

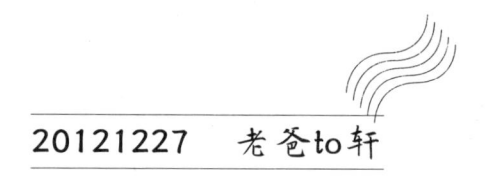

20121227　老爸to轩

轩儿:

圣诞快乐!

你能在这么隆重的节日里想着给老爸写信,我真的很感动。那段看剧后的联想,让我看到你越来越乐观、豁达了,这对一个人,尤其对一个男人是最重要的。这也就是为什么我们常说:人最难的是战胜自我!特别是最后劝慰老爸的那一段,让我倍感欣慰。知道关心别人说明你的责任感在不断增强,这也是成熟的一个重要标志。从关心亲人,到关心周围的人,再到关心越来越多的人。随着你能力的增强你关心的人和需要你关心的人就会越来越多,与此同时,你获得的成就感、满足感也会越来越强。孟子说的一个人成才的道路:修身,齐家,治国,平天下!也是这个道理。

还是那句话:一俊不能遮百丑,一丑却能遮百俊!这封信虽及时,但有些太简单,太匆忙了。跟你的前两封信比起来真的是索然无味!你自己觉得呢?

万里相隔,唯鸿雁传情!这也就是老爸我为什么十分盼望你的信之缘由。所以一旦你的信没有按时来我总要问一问,这一点还望你理解。与及时收到你的信相比我更盼望的是你的信越写越认真,越写越精彩。如果你过节或较忙,你可以先告诉我:老爸,信晚两天发给你。我宁愿多等几天也不愿读一篇索然无味的信!"好饭不怕晚"就是这个道理。

我主要是想通过写信锻炼你的写作能力,这主要包括细致的、传神的描写和透彻的说理。后一个你现在做得很好,但前一个较欠缺。<u>好的文章一定是人人心里有,</u>

但人人笔下却没有。所以读了好的文章我们会感叹：太传神了！这就是我身边的人和事，怎么我写不出来。小橘灯在普通人眼里就是一个橘子皮做的破灯；爸爸的正面都没什么可看的，更别说"背影"了；荷塘白天就那么几个破荷花，晚上更看不着什么了！可那些名篇恰恰就产生在这人人都视而不见之中。孩子，不管你以后从事什么工作，这种仔细的观察、敏锐的发现都是必不可少的。只有见人所不能见，才能想人所不能想，才能做人所不能做，才能成人所不能成！伦琴发现 X 射线，居里夫人发现镭以后，很多同行都说他们也曾在试验中发现过这种现象，只是没注意，更没做深入的研究。你对小虫和那个在家里养病的 W 国孩子的描写就很传神。这说明你有这个能力。现在的问题就是通过不断的写信把这种能力一点一点地加强，最后养成敏锐观察事物、思考问题的习惯。这些都是童子功，想临时抱佛脚一定是来不及的。

　　你总说没什么事可写，果真如此吗？比方说圣诞节，除了整个气氛的描述，一定会有最打动你的事情，比方说：圣诞树。你应好好写一写树是什么样的，上面都有什么……要写礼品，可以写都有哪些礼品，送礼的方式是什么样的，什么礼品最打动你……尤其是中美节日的对比……可写的太多了！记住：文章是靠细节感人的！放弃一次锻炼就是放弃一次机会。我现在练羽毛球很刻苦，因为我深深地懂得只有我的球技越好，我才越能享受它带给我的快乐和健康。但我的球技怎么练也不可能太好了，因为我年龄大了。几个一起练球的年轻人他们身体好，有前途，但不刻苦。我就想：普通人就是那些年轻时有条件、有前途，但不知道刻苦；老了没条件、没前途了，反而刻苦了的人。天才一定是那些在有条件、有前途的年轻时候就知道刻苦的人。由于他们刻苦的时间长，所以，最后取得成功也是不奇怪的。你同意这个观点吗？

　　在你的记忆里，老爸何尝让你做过浪费时间的事？为什么？一方面我要对你的未来负责，另一方面，你每做一件事我都要耗费我的时间和精力去引导。比方回信，我每一次都要花至少一天时间来反复斟酌每一句话，有时累得脑袋都有些发木。就像当初你拔牙很痛，但很快你就会感谢老爸的英明决定一样，现在你花点精力认真写信，将来一定有用到的那一天，到时你还会在心里默默地感谢我一次。你既然要做那个树顶的小虫，就一定要不断地、刻苦努力地往上爬。

为了弥补一下，请你在假期里以《我的第一次美国圣诞节》为题写一篇千字以上的文章。注意如何突出第一次。开学前传给我。这也是我给你的圣诞礼物，希望你喜欢。

　　另外，我说过写信是两个人的交流。而在你的信里对我的信只字不提。难道我写的观点你都懂了？我的话就一点也没引起你思考？

　　祝
健康快乐！

老爸
2012.12.27

全家聚会

2013年

　　一个不善于改正自己毛病的人，遇到顺境尚可，一旦遇到逆境就啥也不是了。可人生之逆境要占90%啊！为了你自己将来能够幸福，你要坚持：
1. 只要是对自己有意义的事，不愿做也要做，而且要做好。
2. 对不喜欢你的人，一定要先做自我检讨，尽量多理解别人。

小聪明可不好

> 我真的是被自己的小聪明给震惊住了,这也太令人失望了。怪不得老爸气得七窍生烟。这种小聪明可是要不得,往往总是聪明反被聪明误。而且语言也是很简单,很仓促。还是没有投入真情实感。

20130202　轩 to 老爸

亲爱的老爸:

在圣诞节前夜,威克特先生带着我和威廉姆去沃尔玛买东西,我问他要去买什么,他说要去买袜子礼物。在美国每个人的床头都会挂一只大袜子,袜子礼物就是每个人都要买一个小东西比如口香糖或者巧克力,然后在圣诞节前夜装进每个人的袜子里。我想了想决定给每个人买一条口香糖。

回到家后,我和威廉姆约好00:30的时候潜入每个人的房间把袜子礼物放到各个人的大袜子里。00:30的时候我发现威廉姆并不在客厅等我,我到他房间一看发现他已经睡着了,我只能等到第二天早上去放我的袜子礼物,之后我带着期待又紧张还带着一丝兴奋情绪进入了梦乡。

圣诞节,美国最重要的节日,没有之一,就像我们中国的春节一样。圣诞节就是大家聚在一起吃吃喝喝玩玩乐乐的日子。早上4:00多我就起来了,我摇醒了威廉姆,在我们一起把袜子礼物偷偷地放到了大家的袜子里之后,我和威廉姆回了房间睡回笼觉去了。

6:00的时候我一睁眼就迫不及待地跳下了床,但我却看见提姆(Tim,威克特先生第三个儿子)正在偷偷地把他的袜子礼物放进我的袜子里,他看到我醒了吓了一跳,随即又假装淡定地说:"爸爸让我叫你起床。"我笑了笑什么也没说,和他一起走出了房间,一出房间就发现大家都在帮忙做饭,我简单洗漱了一番后也加入了劳动的行列中。

大家从 6:30 一直准备到下午 1:00，人都到齐了，一桌丰盛的早饭和午饭也摆在了桌上，巨大而金黄的火鸡昂然屹立在桌子的正中央，旁边有土豆泥，沙拉，培根肉，炒蔬菜。这些我在中国圣诞节是从来没有见过的，在中国圣诞节只有商场才庆祝，商场是为了打折促销才庆祝，圣诞节在中国就好比一张鹿皮，没有骨也没有肉，大家只是为了热闹才庆祝。而在美国圣诞节是一头鹿，有血有肉的鹿。大家都知道圣诞节的故事，这是一种传统。在祈祷之后，威克特先生终于宣布可以动刀叉了！

我们几个年纪小的包括提姆都如饿虎一样向那只肥得流油的火鸡扑去，一场圣诞节火鸡争夺战就这么开始了。吃饱喝足后大家都坐在了沙发上等着威克特夫人宣布拆礼物。在大家期待的目光中，威克特夫人终于拿起了第一个礼物，紧接着就是各种各样的礼物摆在我面前等着我去揭开它们的神秘面纱。

我得到了一个游戏，是提姆给我的，威克特先生和威克特夫人给了我一个收集钱币的册子还有几个稀有的硬币，威克特先生的父母给我一支钢笔。在大家都拆开礼物之后，所有人都坐在壁炉前听威克特先生讲《圣经》。简单而又不简单的一天就这么不知不觉地过去了。这就是我在美国度过的第一个圣诞节。

轩儿
2013.02.02

圣诞礼物

对自己有意义的事，不愿做也要做，而且要做好

"知子莫若父"，所以孩子一有问题我马上就能分析结症所在，并给予指导。孩子小的时候，单位数次提供给员工常驻海外的机会，大家都认为我是不二人选，但我放弃了。因为我知道驻海外，我不去还有别人去，但儿子的父亲我是唯一！

20130204　　老爸 to 轩

轩儿：

你好！

这封信对美国圣诞节的收、送礼物的描写很传神。但这封信应该是上封信的一部分。就如同你的作文没写好，老师让你再写一篇，可你却把它当成下次作业交来了，岂不把老师气死！！！写信是一种交流，主要要写一写你的近况、所思所想、喜怒哀乐……同时把重点的事儿做以详述。所以你这次写的不是信，是上次信的增补。

你也不小了，很多事情应该分清好坏了，我也更不愿意做"牛不喝水强按头"的事，所以关于写信的事儿我再不和你说了，只要你自己看着满意就行。

从我教育你写信之难，我可以断定你和数学老师处不好70%的原因在你。你一定要好好和她沟通一次。说实话，你是我的儿子，我没办法，只能这么不断地教育你。你要是我的学生我早就不理你了。一个不善于改正自己毛病的人，遇到顺境尚可，一旦遇到逆境就啥也不是了。可人生之逆境要占90%啊！你的这个犟和知错不改的毛病和那些执迷不悟的人真是太像了！你要想将来像他们一样，你就不用改了。但为了你自己将来能够幸福，你也要坚决把它改掉。怎么办？ 1. 只要是对自己有意义的事，不愿做也要做，而且要做好； 2. 对不喜欢你的人，一定要先做自我检讨，尽量多理解别人，千万不能"你不理我，我也不理你"。想改吗？能改吗？！

老爸
2013.02.04

多个朋友多条路

广结善缘。我觉得在现在的社会，朋友的重要性仅次于自己自身的能力。而在一个大群体中，不可能让所有人都做我们的朋友，所以交朋友也是有原则的。最根本的目的还是要活好自己。

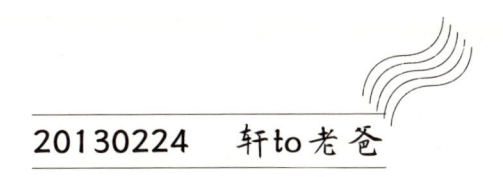

20130224　　轩to老爸

亲爱的老爸：

上次你对我说："只要对我有意义的事，不愿做也要做，而且还要做好。"这点我这个月正在努力地去尝试。比如说我的数学老师，虽然她对我不是特别好，但是我仍然对她微笑，在课堂上积极配合她，每次见面都和她打声招呼。你说得对，不能让环境适应我，而应该是我去努力适应环境。现在，她见到我也会和我打招呼，而且也不像以前那样我问她问题，而她却不理我。我相信如果我继续这么坚持下去，有朝一日她一定会对我改变印象的。学校里也有一些不待见我的同学，不过我会尽全力来转变他们对我的看法。

学校里，有一个韩国人，我和他前三节课全是一样的课，他和我关系不错。不过他这个人说话说不清楚，有点大舌头，跟他交流十分的费劲。刚开始大家都尝试着去理解他，到最后大家都不再和他交流，我也一样。不过看了你的回信之后，第二天第一节课的时候我就尝试着去和他交流，实在不懂的地方我就让他画出来。突然发现这哥们儿画画很厉害，而且他折纸也很厉害！正好这个时候我的生物课有个作业，我正在想怎么能把我的随笔配上图片。我就告诉他说，我想让他帮我画几张画。他一口答应，最后我把他的画配上我的随笔交给老师后，老师很是喜欢。这件事让我真正地体会到交流的重要性，就是交流才让我发现了这哥们儿的亮点。而且也让我知道一个人必有自己的长处，虽然口才不是很好，但是他的画画天赋绝对是一流的！就像李白在《将进酒》里写的："天生我材必有用，千金散尽还复来。"《圣经》里也告诉我们，上帝对我们每个人都有一个计划，我们每一个人都有着不同常人之处。如今大部分的人都戴着有色眼镜，通过眼镜来审视这个世界，观察周围的人，为什么不尝试把这个眼镜摘掉，用自己的双眼来发现这个世界的美，来发掘自己不同常人的地方。

世界要比我们已知的大得多，生活也比我们想象的要有趣得多。有人说生活就是生下来、活下去。我说生活是生出价值、活出意义。司马迁说过："轻于鸿毛，重于泰山。"这就是我们的人生价值，我们要充分地生活出自己的人生价值，发掘出我们全部的潜力。臧克家说过："有的人活着他已经死了，有的人死了他还活着。"这就是我们活着的意义，人生虽短，但在这短暂的人生中为周围的人留下一笔，又何乐而不为呢。虽然那一笔不如其他伟人的浓厚，但是我做到了，我快乐，我高兴。

老爸，你在我的生命中绝对占有一个不可动摇、无人能及的位置，你在我的人生中留下的那一笔绝不比其他伟人的轻，相反你的那一笔涂满了我那大半张纸！我一直很庆幸你当初的决定，我会在一个更广、更高、更大的舞台上留下我的那一笔，我会竭尽全力将我的那一笔画得更浓、更宽、更远！

轩儿
2013.02.24

不要期望所有人都成为你的朋友

> 这世界上任何人超过自己，我们都难免心生些许嫉妒；但唯有孩子的超越，带给你的是无限欣慰和莫大幸福。你孩子对你的认可超过任何人对你的认可！

20130306   老爸to轩

轩儿：

你好！

这封信才是你真实的水平，看得老爸禁不住热泪盈眶。相信你写这封信的所得也大大超过那些不太用心的信。写信、写文章关键是感人，而要想感人首先自己要感动，如果自己读着都不温不火的就不要拿出示人了。做任何事情都应抱着"不做则已，做就做好"的态度。否则，既浪费了自己的时间和精力，别人又不满意。真是猪八戒照镜子——里外不是人！

老爸一直认为，这世界上任何人超过你你都会有些许的嫉妒之心，甚至包括夫妻、兄弟姐妹之间。但唯有你的孩子超过你，这种超越带给你的只有欣慰和无可比拟的幸福感。孩子，你的这封信就让老爸找到了这种盼望已久的感觉，衷心地谢谢你！扪心自问，我在你这样的年龄写不出你这样水平的信。这和社会的进步，你个人的阅历、自立，最主要是你内心的强大和超强的自省精神都是分不开的。在某种意义上讲你已经超过老爸了，祝福你，更主要的是祝福我自己。我这辈子最欣慰的是在恰当的时间，把你这样一块好料送到了它应有的位置，使它逃避了被毁灭，最起码是被浪费的命运。这一件事就足以慰我平生！前两天，听王石（万科集团总裁）讲我们现行的教育体制培养不出人才。吴敬琏（中国现在最著名的、最敢讲真话的经济学家）讲西方文明进步的基石是信仰。老爸我又窃喜了一次。因为以我的卑微竟然能和这些大人物的观点不谋而合，更主要的是我已经做了。

孩子，学校里有些不待见你的同学那不要紧。一个人生活在集体中让所有人都成为你的朋友那是不可能的，自己也没有必要去曲意逢迎所有的人，那样太累了。这和考试一样，在一个集体中60%的人认可你就是60分，及格；70%就是70分，良好；80%以上就是优秀！孩子别忘了我们广交朋友的目的是活好我们自己。对某些格格不入的同学最好的办法是敬而远之，等他有事情找你的时候再说。但和老师相处不一样，这需要你努力打下将来如何同不同类型老板友好相处的基础，因为踏入社会之初你马上就要面临这样的问题。我当初担心在你身上出现娇生惯养孩子的毛病。如果有这样的毛病，即使有60%以上的人不喜欢你，你还能自以为是，不断地挑别人的毛病。但你的这封信让我打消了这个顾虑。

孩子，这封信最让老爸高兴的是你自己能悟到这么积极向上的人生观。在良好的环境，有了这样的生活态度，再加之以不断的总结、提高，成功就是早晚的事儿。

"老爸，你在我的生命中绝对占有一个不可动摇、无人能及的位置，你在我的人生中留下的那一笔绝不比其他伟人的轻，相反你的那一笔涂满了我那大半张纸！"看了这段老爸的眼泪不禁又下来了，这真是喜悦的泪水！孩子，你的纸一定能越铺越大，你也一定能画出最新最美的图画。到那时老爸的痕迹即使是了无踪影，我亦欣喜异常！"落红不是无情物，化作春泥更护花"。

祝健康、快乐！

老爸
2013.03.06

准备圣诞晚餐

十万个为什么

> 去了一趟博物馆之后,觉得自己的世界观都被颠覆了。迫切地想知道更多,更迫不及待地把自己所知道的事情发给了老爸。而老爸也对我的所学表达了支持和理解。同时也告诉了我遇到困难时,寻找答案的方向。

20130323　　轩 to 老爸

亲爱的老爸:

最近可好?从我的手机上得知最近沈阳的气温并没太明显回升,请多注意身体。上次你说让我尽量写出让你哈哈大笑或者落泪的文章,说实话这有点难,上回我也没想到我会写出那样的信,只是写着写着就自然地写了出来,不过我会努力的。

前半个月其实没什么事情给我留下了很深的回忆,日复一日的学习,考试,学习,然后再考试,给我的彩色的美国日常添上了一抹灰色,不过知足者常乐,比起我那些在补习班的兄弟们可好上太多了。下半个月给我留下最深印象的就是创造论博物馆了。

我去的创造论博物馆位于印第安纳州,是全世界最大的创造论历史博物馆之一。当然了,全世界总共也没有几个创造论博物馆,因为基本上全世界都相信达尔文的进化论。你也曾经说过,有两个问题是人类永远解释不了的:第一个是人从哪儿来,第二个是人死后去哪儿?但是在参观了这个博物馆以后,一个想法突然出现在我的心中:没准这两个问题有着答案,只不过不同人的出发点是不同的。

印度教说世界本是一片混沌但突然不知道是什么原因时间出现了,然后世界开始成形,是谁分开这片混沌的,没有人知道,就算是神也是出现在世界成形之后。所以从这点来看印度教自己都不知道世界是谁创造的,更不要说人是从哪来的了。佛教可以忽略不计,因为他们压根也不提世界的事情。《易经》里说:"易有太极,是生两仪，两仪生四象，四象生八卦。"孔颖达说："太极谓天地未分之前，元气混而为一，即是太初、太一也。"也就是说天地本为一片混沌，然后有阴阳，然后有金木水火土，或者青龙、白虎、朱雀、玄武，如果是这样那么请问阴阳是怎么出来的？如果说是自行演化出来的，那么我们可不可以说《易经》的观点和达尔文的观点有着相同之处？既然《易经》说不通那么我们来看看中国最古老的传说，盘古开天地和女娲造人。我个人的观点是无论是盘古和女娲他们的故事都和《创世纪》极为相似，尤其是女娲造人。《创世纪》上说在第六天神创造了人。也就是说我们东方最古老的传说和西方最古老的记载有着相同之处。

世界上最流行的两个思想可以解决那两个问题的，一个是进化论，另一个是创造论。我抱着寻找答案的想法踏入了博物馆，在博物馆里有几个很是说明问题的例子。第一个，我们先从两个思想对于世界起源的解释来进行比较。首先进化论，进化论相信宇宙起源于一场巨大的爆炸，爆炸之后各种物质开始产生，有了各种星系，过了几亿年之后有了地球的雏形，在几亿年后月球出现了，又过了几亿年地球上开始形成生命。这个学说有几个不合理的地方，首先我们知道爆炸只能毁灭，不可能创造，试问结束第二次世界大战的两颗原子弹，遭受它们破坏的广岛和长崎除了痛苦，惨叫，无助，恐慌，废墟，尸体，噩梦，还留下了什么？在爆炸中我们看到一个细胞形成吗？没有，所以爆炸是不可能产生生命体的！其次，我们都知道月球离我们越来越远，如果以月球现在的速度不用亿年，几百万年就飞出太阳系了。月球总不会一开始是在地球里面吧？

第二个，两个学派最有争议的东西——化石。首先恐龙和人类是否生活在同一个时代？进化论的话绝对说：不！恐龙生活在几百万年前。那么请问你如何解释发现的恐龙足迹和人类足迹在一起的化石？众所周知，我们脚下的地面在不同的时期会有不同的层面，换句话来说，一个时期会有一个特殊的地质。如果恐龙的足迹和人类的足迹在一起的话那么就证明恐龙和人类曾生活在同一时代。其次，恐龙是如何灭绝的，进化论会说陨石啦、疾病啦之类的。创造论会说，恐龙并没有完全灭绝。不要惊讶，按照《创世纪》上写的，洪水之前，地球被一层水汽所包围，这就使阳光中的有害物质都被反弹。不仅如此，当时地球上的氧气含量大大超于现在，现在氧气的含量是21%，当时的含量在60%~80%，这也是为什么恐龙会长得那么大和当时人类活到 800 岁跟玩似的。洪水前上帝让诺亚造一个方舟并且带上各个物种一公一母上船，诺亚不必带上成年的恐龙，也可以带上处于幼年的恐龙。由于洪水之后大气中氧气含量急剧下降和地球外的水汽已消失不见，人类的平均寿命下降，物种的体积也缩小，也就成了现在的模样。想象一下一只鳄鱼有一艘航母那么大，那就不单单是恐龙了，那就是怪兽！

　　在博物馆里我学到了很多，也思考了很多。我认为进化论和创造论其实就是无神论和有神论，信则有，不信则无。我坚信人类总有一天会解决这两个问题，就像文艺复兴时期，弗朗西斯说的："世界将会没有未知的东西！"我也会朝这个方向努力，我要汲取更多的知识，争取把不可能变为可能，有了这个目标，我相信我生活中的那一抹灰色也正在向彩色蜕变着。

祝老爸身体健康、工作顺利！

轩儿
2013.03.23

知识的储备主要应来源于见识，而非灌输

孩子们对待知识如饥似渴，这是好事儿。但做家长的一定要提醒他们注意分配精力，抓住重点。儿子有了恋爱的倾向，更要及时提醒他如何处理好情感问题。

20130411　老爸to轩

轩儿：

你好！

现在又坐在了去年给你写信的地方，见到的却是细细的春雨，它绵绵细细飘落而下带给你沁人心脾的清凉和无限的爱怜。如果说观赏这雨中之春是所有游人的乐事，那么独坐湖边给远方的你回信却是我一人独享的幸福。

读了你的上一封信，我一直为给你回信感到为难。因为你思索的问题正是我久思而未得其解的问题。就像我常说的：人类有三个问题是永远搞不清楚的，一是人是从哪儿来的；二是死后往哪儿去；三是中间的缘分，即：为什么我们成为父子？为什么你能遇到威克特一家？等等。这三个问题搞不清楚决定了人类就是再清醒也是糊涂的。它在给了我们无限迷惘的同时，也给了我们无限原谅自己的理由和很多生活的情趣。

你正处在知识储备的年龄。知识的储备主要应来源于见识，而非国内教育的灌输。所以这个时候去看博物馆真是在正确的时间、正确的地点，做了一件正确的事。威克特先生真是一个好父亲，更是一个优秀的教育家。你要珍惜与之相处的时光，多向他请教，并尽量按他说的去做。你现在应付美国的作文虽不敢说应对自如，最起码能做到说理顺畅，这与你这段时间的见识是密不可分的。

人的精力是有限的。对于自己选定的专业要不断探究，做到精益求精。对于其他的知识做到了解、思考，有个初步的结论，足矣！我认为你如果将来不从事人类考古

学或宗教学，那么你对人类起源问题的思考到现在这个程度就够了。过犹不及就是这个道理。另外，你引用的培根的那句话，不知是否还有什么前言后语没有。但就这句话来讲绝对有自大之嫌，很像我们以前说的"人定胜天"。如果自然界在我们面前任何秘密都没有了，那人类的生存还有什么意义呢？！我总认为人类在自然面前一定要有敬畏之心。不知你以为如何？

　　恋爱是幸福的，但也是人生的一关。就如同幸福总是伴着痛苦一样。这一关过好了将来就能从容享受爱情的甜蜜。如过得不好，轻则不能得到自己理想的爱人，重则为此精神失常、自杀者亦有之。而年纪小的时候，对恋爱还懵懵懂懂，受点挫折很快就能康复了，就如同小时候受点伤很快就能好了一样。经过几次恋爱、失恋、再恋爱、再失恋，你就能逐渐成熟起来，变成一个真正的男子汉了，也就可以尽情地享受爱情的甜蜜了。这也就是老爸为什么总是催着你多和异性接触、早恋爱的原因。

　　昨天在电话里听你讲英语，老爸盼望多年的地道的口音终于见到雏形了。真的很兴奋！今后在语调上再下些功夫，尽量模仿汉弥尔顿先生或 VOA 的声音。语言、礼仪可以说是你将来生活的两大基础。只有基础打牢了，才会有更大的发展空间。我相信按这个进度你的语言一年之内能搞定，而礼仪的学习靠四年的积累也应该足够了。以你现在的状态，我有理由相信：孩子，你振翅高飞之时指日可待！

　　游人们因欣赏美景而快乐，哪里有人会知道我会心的微笑是想到了远方的你！

　　祝

快乐、健康！

老爸
2013.04.11 结稿于沈阳

圣诞晚餐

好的文章要及时推荐给孩子,更主要的是读后的研讨

> 一个好的学者应该具备这三个标准:一是真诚;二是厚重;三是高度。真诚是要敢讲真话、实话;厚重是要有很好的学问;高度是要有个人的观点,而且是别人所不能见的,这样才能给人以启发。这是我选择作者的标准。

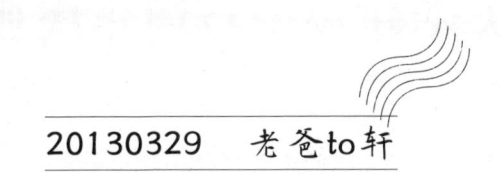

20130329　老爸to轩

轩儿:

你好!

回你的信越来越有难度了,先发一篇文章给你读读。王立群是河南大学历史系教授,因在央视"百家讲坛"讲《史记》而闻名。也是老爸我最看好的历史学者。一个好的学者应该具备这三个标准:一是真诚;二是厚重;三是高度。真诚是要敢讲真话、实话;厚重是要有很好的学问;高度是要有个人的观点,而且是别人所不能见的,这样才能给人以启发。这篇《致辞》,你在美国写类似的文章也可借鉴。读过那篇《感谢不能容你的人》,你对老爸前一段告诉你的要和不喜欢你的人处好应该有更深的理解。

祝健康、快乐!

老爸
2013.03.29

在河南大学建校一百周年庆典上的致辞

王立群

尊敬的各位来宾、各位校友、老师们、同学们：

大家好！

今天是一个值得庆祝的日子。我站在这里，被期待着说出一些恒久的道理与睿智的话语。但是，我只能说一说自己的几点感受。

第一，这是一片神奇的土地。

在中国封建科举制度行将就木之际，河南大学这片土地见证了科举制度的终结，也开启了新式高等教育。一百年星移斗转，河南大学见证了中国新旧教育的历史转折；一百年风雨沧桑，河南大学经历了分分合合的艰辛历程。一百年的时光，可以让人们忘却很多，然而时光并没有让一切面目全非。时光留下的不仅仅是那些看得见摸得着、承载着无数故事、值得不断回忆的千年铁塔、百年牌楼、古城墙、贡院碑，还有"明德新民，止于至善"的大学精神，它成为几代人不变的坚守，它是百年河大不断发展的动力。

第二，这是一片充满信念、充满憧憬、放飞理想的土地。

今天，我是以双重的身份站在这里的。因为我不仅是河南大学的一名教师，我，还有我的儿子，也都曾是河南大学的一名普通学生。

河南大学给了我人生最初的信念和憧憬，正是凭着这份信念与憧憬，我踏上了追求梦想的征途。从这里，我找到了坚实的支撑；从这里，我走向了三尺讲台；从这里，我找到了生活的价值；从这里，我发现了生命的精彩。今天我站在这里，最想要说的两个字是感谢——感谢母校的培养。

第三,这是一片精神栖息的净土。

母校是永恒的精神家园,母校是社会良知的守望者。人的一生最美好的回忆往往存在于校园这片净土中。

一位获得过诺贝尔奖的华裔科学家在第一时间将他获奖的消息电话通知他母亲时,母亲说:"这是个好消息,但我更想知道,你下次什么时候来看我?"作为校友,我想对所有的校友说,母校一直为您的成就而骄傲,母校更欢迎您常回家看看。

校庆是一个节日,欢歌笑语;校庆是一次聚会,盛满回味;校庆是一个总结,检阅成绩;校庆更是一个起点,放飞理想。

最后,我祝愿百年校庆活动圆满成功,祝愿我的母校河南大学的明天更加辉煌美好!

谢谢大家!

没太看懂的好文章

说实话,老爸给我看这篇文章的时候,我有点诧异,因为以前都是通过微信,现在却是通过写信的方式。这篇文章我当时没有太看懂,过后,通过电话又和老爸讨论了一番,觉得收获不小。

哪都有不理解你的老师

> 虽然我所在高中的大部分老师都很好，但也有一些不可理喻的老师。当我觉得很委屈或者很不能理解一些事的时候，我就会和老爸及时地交流并解决。但是无论我经历了什么，这些都是我最宝贵的财富。

20130421　轩 to 老爸

亲爱的老爸：

　　最近听说 H7N9 闹得很厉害，还是多注意点好。最近我正在努力练习英语口语，争取有一天能让外国人都听不出来我是国际学生。B 城的爆炸，对我这边没什么太大影响，顶多也就是餐前饭后讨论讨论，我觉得很庆幸，我待在一个小城市里，安安静静真的不错。

　　这周五发生了一件让我很是郁闷的事情。周五最后一节课是生物课，我们生物老师不在，在铃响后十分钟，我们的代课老师才慢慢悠悠地走进来，然后说："你们在干什么，没听到上课铃吗？"我当时心里就想：难道你没听见上课铃吗？同学们什么也没说，各自回到座位上去了。我们这节课要在 iPad 上考试，我第一个答完后便举手想问她答完后应该干什么，因为平常的时候我就直接把考试分数给老师一看，她一登记就好了。可我的代课老师却说："你答完了？"我说："嗯。"然后她说："那你把 iPad 放回去，把头低下，然后闭嘴（shutup 在美国这是一个很重的词，极其不礼貌，我们在家家长是不让我们说这个词的）！"我就说：好吧。然后我就开始做我的历史作业，她走过来问我在干什么，我说我在做历史作业，她就说我不能做。我就把历史作业放在桌子上。当所有人都考完试后她说："一般老师让你们干什么。"我们就说："一般都让我们聊聊天或者做其他科的作业。"她说："那不行，你们有三个选项，第一，坐着，什么都不干。第二，看书。第三，用 iPad 玩游戏。"我当时就很不解：为什么可以玩游戏，却不可以做作业？当代课老师走过来问我选哪一个的时候，她看到我的历史作业还在桌子上，她就一把把作业夺走，然后说："这不再是你的了。"我就说："我还要用它来复习。"她就说："那我就把它放在水里，让墨水洗走。"我什么也没说就趴在桌子上。过一会儿她又走过来，把我的作业扔给我，纸撒了满地，我真的很生气，我就说了一句："扔得好。"然后她就说："你在嘲笑我，你不尊重老师而且你是个骗子。"我就回了一句："你会读心术吗？"她说："是呀，我会读心术！"我就耸耸肩说："好吧。"过会儿她又过来说："我把你送到教导主任那儿去，让她看看我是不是能读心。"然后我就去了办公室。教导主任说，处罚结果会在周一告诉我。回家后我把这件事和威克特先生说了，威克特先生很生气，他说："我不敢相信你的学校里竟然有这种老师，我会发邮件给教导主任，如果此事儿她做了一半，那她就不配做老师。"现在我也不知道结果，总之有些心烦意乱，我没有想到 LCA 里竟然会有这种人，当然了哪儿都会有这样的人，我应该去学会如何面对这种人。我承认，我说了一些质疑她的话，比如"扔得好"和"你会读心术吗"，当时我实在是忍不住了。以后我会尽量忍耐。惩罚结果还没有出来，不过我相信 LCA 会给我一个满意的答复。

祝老爸身体健康！工作顺利！

轩儿

2013.04.21

人一生最宝贵的就是你的经历

> 在课堂上被老师公开批评,这是孩子出国后遇到的最大打击。对此首先是抚慰,但更是教育的好机会。
>
> 孩子第二年要开化学课,想利用假期回国先学一下。我中学曾是化学课代表,但也忘得差不多了。为了能承担起"老师"这一职责,不误"己"子弟,我特意请一个化学特级教师先教了我一遍。有很多朋友,包括那位特级教师,都问:为什么你要亲自教,而不让孩子直接向老师学?为什么?因为我珍惜和孩子相处的时光!

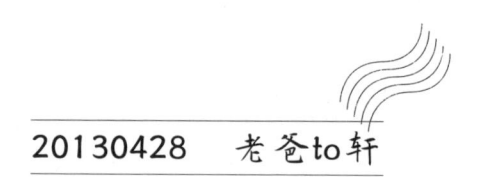

20130428　　老爸to轩

轩儿:

你好!

你说人生最宝贵的是什么?是金钱?是地位?是爱情?我认为人的一生最宝贵的就是你的经历!因为经历是你不自己亲身实践无法得到的财富,也是你从别人那儿根本学不到的东西。严格意义上讲整个的生命历程就是人生的一次经历,它涵盖了金钱的得与失、地位的上与下、爱情的分与合……经历大体上由三部分组成,即读万卷书、行万里路和阅各色人。如果你这辈子能有广博的学识、开阔的视野,同时又懂得和各种不同的人打交道的方法,真的是想不成功都难。退一万步说,纵然没有成功,最起码也是平生无憾了!

经历之所以是人类最宝贵的财富,就在于它的难以获得。之所以说它难以获得就在于它不是一蹴而就的,它需要你在日常的生活中积累、感悟、实践,再积累、再感悟、再实践……最后才能变成你自己独有的能力。但从这一点你就应该感谢那位代课老师,是她让你在阅各色人上又学了一课,让你懂得了美国也有各色的老师,而非铁板一块。

我们要感谢我们的对手和不喜欢我们的人。只有他们才能帮助我们发现我们自己深层次的缺点，并促使我们不断地进步。这个道理随着年龄的增长你会慢慢地懂得。没有这个老师哪能提醒我们注意你的两个缺点：1. 不能及时、正确地表达自己的不满；2. 在不恰当的场合说一些意气用事的话，而使得事情越变越糟。你小的时候，我对你要求较严。近年又生活在威克特先生家里，应该说在你身上一些小的毛病已经很少了。这也是你走到哪儿都能得到广泛认可的原因。但越是这样，剩下的毛病越难改，因为它往往和你的性格有关。但性格即命运，所以越是难我们越是要改。改这样的毛病就是利用一切机会不断地提醒自己不要旧病重犯，别无他法。"打铁还须自身硬"，我们只有不断地改正自己的缺点毛病，不断地完善自己才能无往而不胜。

有着丰富经历并能不断实践的人，一般都会具有两个优良的品质：一是自信。因为丰富的经历会使你变得成熟、经验丰富。这样在遇到难题的时候，你会比同龄人，甚至比比你大的人表现得更加自信、更加从容、更加足智多谋。二是谦虚。一个阅历丰富的人一定会懂得：只有料不到，没有遇不到。即只有你预料不到的事情（或人），没有你碰不到的事情（或人）。所以在任何时候我们都不能夜郎自大、目中无人，而是要学习每个人的长处、总结每件事的经验。孔子讲的："三人行，必有吾师焉；择其善而从之，择其不善而改之。"就是这个道理。值得欣喜的是，孩子，这两个特点在你的身上都已有了雏形。老爸相信，只要你能不断总结经验，开阔视野，一个自信的、温文尔雅的男子汉是指日可待的！

知道你和小朋友的关系进展顺利，甚喜！如何同异性和谐相处，这一课太重要了。万幸的是你现在生活在威克特先生家里，你要珍惜这个机会向威克特先生和美国的男士多学习这方面的经验。无论和同性朋友还是异性朋友相处，外圆内方（即：在非原则问题上随和，在原则问题上从不含糊）都是最重要的。但何时"圆"？何时"方"？怎么"圆"？怎么"方"？还要你自己好好地学习和体会。遇到具体事情我们可以随时探讨。

受情绪的影响，你的这封信写得不够从容。就写了这么一件事儿，结尾更是仓促。尽量让不良的情绪少影响自己，这也是修养的必修课。老爸以前讲的：泰山崩于前而不改其色，长江滞于后而不动其容。虽然是一种理想状态，但要学习。

明天就是"五一"小长假了，沈阳也终于暖和起来了。我向你同学的妈妈要了两本化学课本。虽然老爸中学时化学学得很好，但毕竟放的时间太久了。我要利用你回来前的这段时间好好复习一下，好胜任"老师"这一角色。

  祝
健康快乐！

老爸
2013.04.28

在家的后院进行实弹射击训练

躺着也中枪

当我得知别人抄我的作业，然后我也拿了一个零分的时候，我真的是非常的不理解。这件事是通过电话和老爸交流的。而学生会的事，我当时是非常的兴奋，觉得这也是我"大展拳脚"的好机会。可是种种困难把我的积极性一下就打没了，让我十分的苦闷。当时觉得自己什么事都不顺，现在也就是一笑而过了。

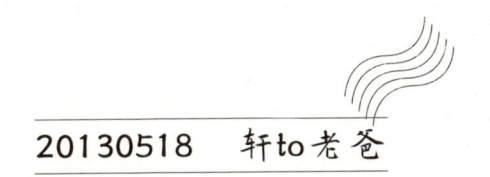

20130518　轩 to 老爸

亲爱的老爸：

美国这边这几天突然开始下雨，气温突然开始下降，不知沈阳如何，请注意身体。期末考试就在两天后，说是一点压力也没有那连我自己都不信，不过压力不算太大，因为该学的也学了，该会的大部分也会了。我对这回的期末考试还是很有信心的。

总觉得这个月过得很快，就好像在紧张的课堂上睡了过去，一觉醒来……你已经被送到了办公室一样。直到昨天为止我还没想过期末考试，昨天突然发现已经是复习日了，相比起去年的慌张，今年则淡定了许多。期末考试而已，对我来说和普通的考试还真没什么区别。

这次主要想和你说的是关于学生会的事。由于 LCA 的学费突然上涨了很多，引起了大部分国际学生的不满，所以一大部分 H 国学生就去找 12 年级的学生会秘书，也是一个 H 国人，让他组织一个国际学生会，就这件事来和学校商量一下，并且正好解决以后国际学生的问题。我听了之后觉得想法不错，就想参加进去。这周四放学后他们在小礼堂开了一次会，大概把这个学生会的成立目的解释了一下，但是从他的演讲过程中我发现了几个主要问题。第一，由于这个提议时间很短，从有这个想法到成立还不到 3 周，所以没人知道成立这个学生会以后的准确发展方向。第二，发起成立这个学生会的 H 国同学还有不到 6 天就毕业了，也就是说这个国际学生会第一任会长的在位时间是五天半，五天半后工作就要交接给第二任会长们，而且大部分的第二任会长完全不知道该如何发展这个学生会。第三，学生会负责的事情之一是：如果国际学生在寄宿家庭有困难就可以告诉他国家的两个代表（即会长），两个代表把问题和本国理事会（由学生组成）讨论后，给出最佳的解决办法。我认为的问题是，学生不应该避过学校或者说忽视学校和中介就直接找学生会解决，而且不论是代表还是理事会都是由学生组成，我认为我们的能力还没有达到解决寄宿家庭这种高难度的问题，不过我已经把这件事和汉密尔顿先生说了，他说他会考虑的。第四，在会议后一天，也就是周五，我们突然接到通知说午饭的时候要在汉密尔顿先生的教室选出各个国家的大使、理事会成员和两名代表。我就觉得十分突兀，我们还未确定是否加入学生会，就让我们选出各国成员。由于每个国家只能有两个代表，但是中国有三个人要参选，所以我们花了一些时间来投票，投票时我就很清楚，投的是人情而不是实力。最后我和另一个女生以十分巨大的优势胜出，但是我心里清楚，先不说这些人的团结力，单单是这样的套票方式就使这些学生是绝对不会听命于我，而且他们也不相信我有领导他们的能力，这使我对这个学生会的前途表示担忧，而且也使我有种无力感。还请老爸尽快指导我一下！

祝老爸身体健康、工作顺利！

轩儿

2013.05.18

全家聚会

把困难想得充分并不是为了放弃，而是为了做得更好

孩子的生物作业借给一个H国同学参考。可能是没交流充分，那个同学抄了一遍就给交上去了。结果两个人都是零分，还罚停课一天。按照我们的思维抄作业的有错，被抄的应该没错，所以孩子有些不理解。我对此做了解释。至于孩子提的参加学生会的事，我在电话里告诉他要积极参加社会活动，在信里就没有赘述。

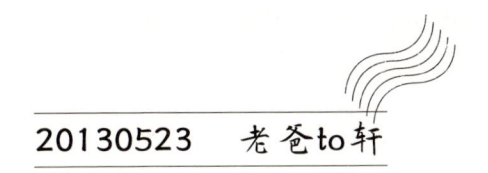

20130523　老爸to轩

孩子：

　　你好！

　　伴随着你第九封信的到来，一年就要过去了，我们也马上就要见面了。想想都让人兴奋！一个人想自己的孩子应该有三个条件：一是孩子越来越出息了；二是离得很远；三是自己变老了。人生本就是充满矛盾的，"甘蔗没有两头甜"，"你有的，永远不是你要的。你要的，又永远不会属于你。所以这里叫人间，不叫天堂"。但是，对于老爸我来讲，想着你能每天健康幸福地生活着就一切都能释怀了。

　　人与人的交流是每个人终其一生都要学习的一课。所以曹雪芹在《红楼梦》中说：世事洞明皆学问，人情练达即文章。即，把一切事情都能看明白，和任何人都能很好地打交道就是最好的学问和文章。你可要知道曹雪芹的年代可是一个"万般皆下品，惟有读书高"的年代，可见这种比喻之重。而"人情练达"的最高境界就是你现在每天面对的跨文化的交流。把困难想得充分并不是为了放弃，而是为了做得更好。想他人所不能想，为他人所不能为，方能成他人所不能成。应该说孩子你现在已经做得很好了，最大的成功就在于你获得了威克特全家和同学们的全方位的认可。但

是跨文化交流正如这个余弦曲线，

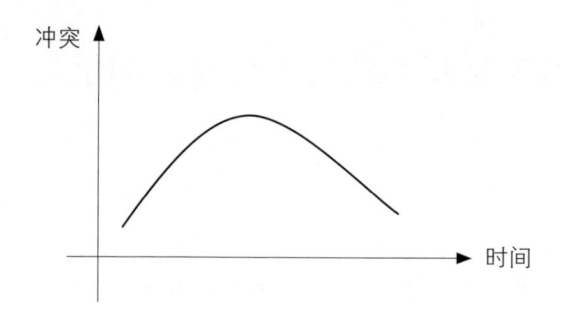

```
    冲突
     ↑
     |     ___
     |   /    \
     |  /      \___
     | /           \___
     |/                \___
     +-------------------→ 时间
```

横轴是时间，纵轴是冲突的激烈程度。也就是说当你开始融入异国文化时，冲突会随着时间不断加大。因为随着时间的加长，每个人都会越来越暴露其本质的东西，比如说你借给同学作业，这在中国很正常，但在美国就是错的。细想起来，人家这么做是对的。如果在借与被借之间再分出个对错，那要花费多少时间啊！而在一件本来就是错误的事情上花时间岂不是又犯了一个错误！如果说这次肯定了你，你将来到社会上再去主动这么"帮助"人，岂不是贻害无穷！从这里我想到让任何犯错误的人都 No excuse 应该是成功的一个法宝。但一旦冲突到了最高点，就开始往下走了。因为该暴露的问题都暴露了，该学会的你也都学会了，也就越来越融入社会了。老爸认为这么努力下去你还需要半年到一年的时间才能到达顶点。如果能如此，孩子，你已经很了不起了！

好好准备享受阿巴拉契亚山的奇妙之旅吧！另外，回来想吃什么提前告诉老爸，我好有个准备。写到这里好像明天就能见到你一样，真的很高兴。

　　祝
健康快乐！

老爸
2013.05.23

必要的关怀

> 当时奶奶生病，爸爸在全程照顾，我身在大洋的另一端，也做不了什么，这种感觉很痛苦。但是当我发现周围有很多人都在给予我关怀，就像我只身在黑暗中，但身边却亮起了盏盏灯火，这种感觉很温暖、很舒服。

20130914　　轩 to 老爸

亲爱的老爸：

　　时间过得真是飞快，不知不觉这已经是我 11 年级的第四周了。这四周怎么说呢，各方面都在磨合。和生活节奏在磨合、和新课表在磨合、和新的知识在磨合，还有和新的朋友也在磨合。各种各样的磨合构成了我这忙碌又不乏有趣的生活。学校的生活也是从当初的自信满满到现在的谨慎小心。

　　想当初刚到学校的时候可谓是意气风发、自信满满，认为自己已经完全适应美国的"简单"课程了。结果半周后的狼狈不堪让我知道永远不要小看 11 年级，要不然会挂科挂得很惨。有了问题自然就要解决问题，听取了你的意见，我开始在网上搜索教学的视频和资料，方法真的很管用，数学已经完全没有问题了。我又试着在其他科目上运用同样的方法，效果奇佳。现在我的学习已经没什么问题了。

　　这个月你主要跟我讲的是关心他人，发自内心地关心他人。马克思曾经说过："我们知道个人是微弱的，但是我们也知道集体就是力量。"人类是群居生物，但是如果一个群体谁也不关心谁，那群体就会决裂成个体。我们需要关心他人，他人才会关心我们。也许别人只是顺嘴一提，但是我们也要往心里去。祝福和慰问一定要及时，千万不能晚。有一天，我在我的西班牙语课上为我奶奶祈祷，我跟老师说我奶奶得了癌症，这时一个中国同学说她的奶奶也是得了癌症。我就记住了她的话，我当天晚上就打电话慰问她一下，后来知道她奶奶走后我第一时间发送短信告诉她节哀顺变。虽然她的情绪很低落，但她对我很好，几乎是有求必应。这让我更是认识到了关心他人的重要性。

　　人的一生很短暂，真的是很短暂，通过这次我奶奶生病的事件，我更是认识到健康的重要性，我更认识到时间的宝贵和我们身边人的宝贵。人生在世肯定会有一帆风顺的时候，更会有挫折，关键的是在我们一帆风顺的时候是否能保持一颗平常心。在我们跌倒、遇到不如意的事情的时候是否能再次爬起，拍拍灰尘继续笑对人生。最关键的是在我们遇到大起大落的时候是否会一如既往地对待他人。

　　老爸，谢谢您一直照顾我奶奶，最近你压力也很大，注意减压。
祝您身体健康、工作顺利！

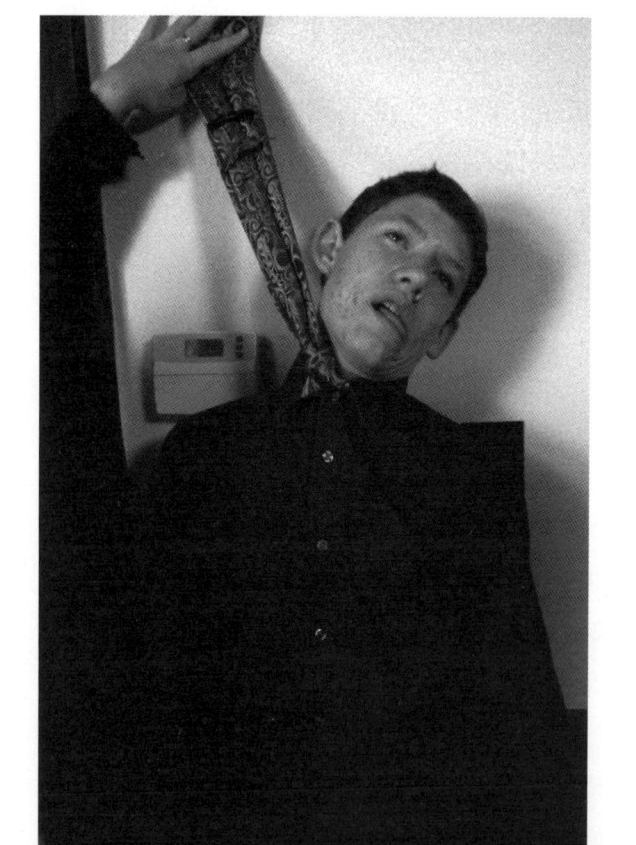

轩儿
2013.09.14

调皮的威廉姆

对别人的关爱很大一部分体现在珍惜别人对你的付出上

> 得到孩子的关爱是做父母最幸福的事！但孩子的爱来源于家庭和社会给他们的爱。我理解爸爸的作用就是：先他人忧你而忧，后他人乐你而乐！

20131007　老爸to轩

轩儿：

你好！

奶奶的过世使我未能及时给你回信，请谅！今天是"十一"长假的最后一天，老爸特意留出半天时间写信，因为这是我最值得做的事情。奶奶的弥留之际，我突然感悟到：用"送走老人，培养一个孩子"足以概括我的一生。其他的都可以忽略不计。如果非要安慰自己一下也可说成：送走了过去，开辟了未来！哈，哈……

说心里话，奶奶的去世并没有给我带来什么伤感，反而是一种解脱。因为：1. 自从卧床后，她的生活已经没有什么质量了；2. 我已经尽了我的全力来解除她的痛苦。详细咨询了医生，得知她的生命很快就要结束了以后，我给出了：减轻痛苦，早结束的治疗原则。最后她走得很安详，我亦很心安。任何事情都是利弊共存的。奶奶生病后，我和你姑姑所受的苦非一般的孩子能理解。三十多年没有什么母爱了。但是第一，它造就我独立、理解他人的个性；第二，奶奶的离去没有让我沉溺于伤痛之中。否则，以我的感情之重，恐怕不易解脱出来。昨日已去，来日可追。现在我正在尽全力照顾你爷爷，争取让他有个幸福的晚年。

这期间最大的意外收获就是对你进行了爱的教育！说服××去看你奶奶可以说是最好的实践。当你爷爷听说这件事时，顿时老泪纵横。当我告诉他是你做了这一切时，他更是啧啧称奇。孩子，仅仅是这一次行动你就教育了一个人，感动了一群人，可见爱的力量是多么的伟大！老爸希望你以此为起点把对别人的同情、关心和爱贯穿于你的一生！

　　我理解的爸爸的作用就是：先他人忧你而忧，后他人乐你而乐！所以总要指出你的缺点，希望你变得更好。（写到这真是感觉酸酸的，将来你会理解的）你对"闻过则喜"这一道理的理解很到位（1. 说明有人关心你；2. 你可以尽快改掉缺点），使得老爸也更乐于与你交流了。<u>如果有有异议的地方真心希望你和我交流，甚至吵一架。</u>无论谁都应从善如流。

　　对你和同学圣诞节的旅行我是不同意的。第一，你不缺旅行。从你很小的时候，我就带你开阔视野，你去过的地方在同龄人中一定是最多的。迪斯尼对你的同学可能很新鲜，但对你应该无所谓。更主要的是，你知道老爸可以说是倾囊而出在培养你。对于你增长见识、学习知识，包括去野营、去拉美、和威克特一家出游……老爸绝对支持。但花钱单纯去玩，我觉得确实不妥。纵然你的同学家很有钱，你都应该教育他们：花父母的钱单纯去玩是没什么意思的。像×××那样利用老爸的权势请同学去东游西逛，维持虚假的友谊是多么的无聊啊！<u>小的时候，对别人的关爱很大一部分体现在珍惜别人对你的付出上。</u>希望你能理解节俭和小气的区别。你们要真有本事能靠自己的智慧和能力，不花家里一分钱去旅行一次，那才叫牛。既然已经决定了，这次还要玩好。注意安全，下不为例就可以了。

　　"十一"为什么没有发国庆问候？千万别说：美国也不过"十一"啊！我已经让你把所有的节日和重要日子都标注了，怎么还会忘？记住：<u>没有人会不喜欢你真心的问候！即使平常的日子，时常的问候也足以令人欣慰，特别是对长辈。</u>

　　以上这两件事还是说的对别人的关爱。孩子，希望你我共同努力，用这半学期给你养成关爱他人的习惯。这样你将终身受益，老爸也平生无憾了。

　　孩子，你的信真是写得越来越好了。条理清晰，说理透彻。我猜想你的英文文章也一定错不了，因为好文章的道理都是相通的。期待着你的下一封来信，更期待着你的每一个进步！

祝快乐、健康！

老爸
2013.10.07

在小卖部中痛苦并快乐着

一开始我怀着激动和兴奋,还有一丝紧张的心情投身到小卖部的事业中。经过一系列的"摸爬滚打",最后有幸得到了大家的信任。做的活真的很难、很累。自从有了那一次经历后,我对所有的服务员都怀有钦佩之情。都不是一般战士!

20131020　轩 to 老爸

亲爱的老爸:

最近有一堆事要忙,现在才给你写信,请原谅。最后这半学期真的是很难,尤其是保持成绩。上午查成绩还是93A下午放学回到家就变成了92B。在各个学科中挣扎,我也知道开始的成绩好不代表我最后的成绩就一定会好,我也要更加努力地保持成绩。

"十一"没有问候真的很抱歉,我那时也忙得不可开交,国际学生会一大堆事,去哥斯达黎加那边也有一堆事。真的是上午中午想着要问候,晚上就忘了。下回我会及时问候。对于我奶奶的去世,说实话,我刚开始并没有太大的感触,但是在上学的路上这种感觉就慢慢地浮现出来。也不是说特别伤心,只是替她松了一口气,同时也对她的这一生表示感谢。不得不承认,她以前的错误的行为,造就了现在重视亲情的你,而重视亲情的你改正了不表达情感的我。上帝对于每个人都有计划,我认为我奶奶的这一生,她的这个人,已经完成了上帝对于她的计划。愿她能安息。

上周三,我的西班牙语老师对我说这周六(昨天)在自由大学会有一场橄榄球比赛,我如果有兴趣可以去场地里的小卖部当销售员,然后我们得到的钱可以平分用来付我们去哥斯达黎加的费用。我一听,当时就说没问题。昨天中午十二点我到了指定的地点,接受了半个小时的培训,成为了一名非职业销售员。我负责收钱和点餐，在接下来的七个小时中我真正地体会到了肯德基服务员的不容易。我主要的职责就是帮助客人点餐、收钱、找钱和最重要的一点——微笑。我当时认为最后一个最简单，可是事情却大出我所料，最后一个部分才是最难的。要知道傻站着三个小时可不是一件容易的事，而且人手不够时我还要自己取餐，所以我有时既是收钱的又是拿餐的，对我精神和肉体上都是一个很大的考验。而且还有行行色色的人。有一个家庭有七八个人，点了一百多块钱的食物。当食物没及时上时，他们就立刻冲我们发火。我只能微笑然后一直抱歉，对我真是一个很大的考验。还有一位女士不停地换，先要了一个热狗然后想了想又不要了，要鸡翅，但又不要了，足足花了三十分钟她才点完。在这过程中我只能冲她微笑然后说不要着急。有一位老先生是个种族歧视的人，他在付费的时候把钱撇给了我，然后说："给你我们美国的钱，一个亚洲人，反正你们也已经把我们的钱都拿走了。"我只是冲他微笑然后说："谢谢光临，小心烫，欢迎您下次光临。"在站了三个小时后，后厨的人说人手不够让我来当送餐的，被大家信任当然是件好事，但是随后的工作量可是确实让我瞠目结舌。我耳边不停地响着："艾迪，我们需要椒盐饼！""艾迪，我们需要爆米花！""艾迪，这位客人要的热巧克力呢？"我恨不得分出几个身来。取椒盐饼是要从烤箱里来取，而我只戴了一层橡胶手套，所以大部分的时间我都是直接把刚从烤箱里烤熟的椒盐饼拿出来，然后放进保温箱里。手都烫伤了但是什么都感觉不到。到了七点钟的时候我们终于关门了，大家也不管地是不是很脏，都席地而坐，看着其他人的狼狈样都相视而笑。我们终于体会到打工、赚钱的辛苦和对肯德基服务员的理解。这是一次很好的体验，以后如果还有这种机会，我一定不会错过。虽然不知道赚了多少钱，但是单单是这种经验就不是钱能买到的。祝老爸身体健康、工作顺利、万事如意！

轩儿
2013.10.20

出门在外慎重交友

我们的通信几乎第三次半途而废！真的不容易。不养儿不知父母恩，不劳作不知挣钱难。一定让孩子尽早勤工俭学。

20131111　老爸to轩

轩儿：

你好！

昨天才从武夷山回来，今天一早（周日）就来到办公室给你写信。每天在苍翠的群山里，呼吸着新鲜的空气、沐浴着温暖的阳光，徜徉在山间的小道，细品着各种岩茶，武夷山的慢生活真的是让人心醉！我也慢慢地品出了慢生活的美妙和真谛。

慢生活的美妙就在于你能融入大自然。鸟儿也不怕你了，因为你慢了，它就感到你也是它们中的一份子，不会伤害它。它们可以在你身边尽情地嬉戏，你也就有幸听到更多美妙的声音。慢慢地你就感到你和鸟儿、花儿、新鲜的空气一样，是大自然中的一部分。慢生活的真谛在于你能真真切切地感受生活的美！英国的下午茶和一顿正式的西餐都应该算作此类。<u>但要想享受慢生活首先就要学会发现生活中的美</u>，这一点和个人的修养、学识都是密切相关的。希望你能在日常生活中慢慢地体会。

本来想和你好好分享一下武夷山的美妙生活，但和你通电话后真的是一阵阵发堵，心情全无。教育到现在，换回号码都不知道告诉我一声，真的是太遗憾了！这和找理由推托晚写信、迟发祝福有什么区别？难道你真的在这方面永不觉醒吗？<u>记住：别管别人在做什么，你尽管把你该做的事做了、做好！</u>

和一些不懂事孩子接触太多真的不是什么好事情。有些孩子所受的教育使得在他们身上会有很多毛病。比如，投机取巧、不珍惜父母的关爱、没礼貌、不关爱他人、自私、不讲原则（好的时候什么事情都能办，翻脸的时候大打出手），等等。这也是老爸为什么千叮咛万嘱咐让你远离这些孩子的原因。我不让你多接触这些孩子并不是我对你的同学有多了解，而是我对他们的家长很失望（我每天接触的同龄人不都是他们的家长吗）。而没有出色的家长很难会有出色的孩子。

从你最近的种种表现上来看，你在做人上面真的是没什么进步，很多的毛病迟迟改不过来，是否和与这样的同学接触得多，互相熏染有关呢？！比方说：一谈到父母就说：老爸（老妈）真是太烦人了，给他们打什么电话，你不告诉他们他们也得找你……

四年之后，当你自己的根基足够深厚；当你的周围出现一个不好的同学，你不能成为第二个他的时候，你就可以和任何人交朋友了。

遇事情多向威克特夫妇请教。跟自己儿子我也不用客气，像你老爸这样对中西文化都有深刻了解的人并不是太多。更希望你时时和我讨论遇到的问题，我保证能够客观地分析，并能给你正确的建议。越是感觉难的时候，离胜利也就越近了，越要咬牙坚持！

你的信已经是老爸吹牛的资本了，每每拿出示人无不令人啧啧称奇。凡是有孩子的都要了一份回去给自己的孩子看。这些都是你辛勤的汗水和泪水（不知是否有？）换来的，一分辛苦一分收获，这个对谁都一样。努力吧，孩子！提前祝生日快乐！

祝
健康、快乐！

老爸
2013.11.11

今天是光棍节耶！也祝你节日快乐！

和美国朋友在一起

最年轻的老头儿

> 我的英语老师是一个幽默风趣却又不失严谨的老头儿,老头儿是爱称。他给我很多启发,他对人生的阅历和人生的态度都很深地影响到了我。在我心目中,他永远都是最年轻的!

20131126　轩to老爸

亲爱的老爸:

　　这个月的生活节奏特别的快,可能是接近期中考试的原因吧。所有学科都充满了紧张的气氛。对于各个学科我也有了不同的看法。对于"最简单"的圣经,我虽然还是能应对自如,但是我开始认真对待起了这门课。对于化学,从最开始的自信满满到惴惴不安然后又到充满信心。总而言之,随着不断地了解各个老师、学科和教学节奏,我对其的理解也在不断加深,也有更多的应对方法。学生会这边我已经渐渐地淡出了,虽然本来工作量就不大但也是轻松了不少。总而言之11年级比我想象中的轻松得多。上回在体育场得到的薪水已经出来了,每个人挣了44美元,虽然不是很多,但比我预想中要高出了好多。签证之类的都一切顺利,现在正在排练要表演的节目。

　　这个月英语老师给我的启发最大。我的英语老师是一个五六十岁的老头儿,老头儿心脏不是特别好,但是心态特别积极向上,很有意思的一个老头儿,我们都叫他摩恩先生(Mr.Moon)。上周二摩恩先生对我们说:"我明天有一个心脏手术,可能会睡个两三天,如果我周四没来,那我周五会来。如果我周五没来,那我下周一会来,但是如果我周一还没来,那估计我永远都不会来了。""今天这节课,我要讲的很重要,你们要认真听。"我当时也没太在意,因为他每天都是讲一节课的故事然后突然绕回到知识点上。他总是说这些都是相通的。他说每个人都有不同的世界观

（worldview），世界观建立在人们的关系上，不同家长对其子女的教育影响着子女们的世界观，个人经历不同也建立了不同的世界观，世界观是我们独特的观点或者是对于世界不同的切入点。但是这些各种各样的世界观都会分为两种，一种是理解他人，另一种是只想着自己。理解他人的人会帮助他人，总是会积极向上，因为他们会交换立场看问题，而且别人也会关心他们，那么他们总会吸收正能量，与此同时变负为正。但是如果在另外一边那就不妙了，由于他们只想着自己，一旦有事情不按照他们预想的那样，那么他们就会很生气，因为一切都该为他服务。他们就想报复，而且肯定会有一个人接收到他们的报复，最后他们就会孤独一人。人的一生是在不停地选择、决定中度过的，决定对了那么就会有一个好的结果。关键是我们会不会认识到哪个是正确的选项，哪个选项会带来好的结果。当我们迷茫的时候，我们身边的人就会起到至关重要的效果。但是我们身边的人又从哪来呢？我们要站在正确的一边，时时关心他人和常常换位思考，理解他人。当我听完了这节课后，我突然间发现关心他人是多么的重要！这也更加加深了我对你的那些建议和要求的重视性。我会不断地加强对自己的要求！我会时时提醒自己要站在正确的一边。

祝老爸身体健康、工作顺利、万事如意！

轩儿
2013.11.26

不自律说到底就是对自己不负责任

> 孩子的英语老师让我想起了苏联电影《乡村女教师》里的女主人公,很感动!这样的老师才配称作人类灵魂的工程师。育人永远比教书重要!

20131210　　老爸to轩

轩儿:

你好!

说实话,每次你不及时回信我都非常失望。但一个做父亲的责任让我在不断地坚持着。因为,这是保持你汉语水平,提高你中、英文写作能力最重要的手段。而且现在你已经从中受益了,为什么还不能很好地坚持?为什么你没有一次提前写信?古人讲:师傅领进门,修行在个人。知道是好事,应该主动积极地去做,为什么总看不到你积极的表现?但是看到你又增肥了,我对一切都有了答案。

如果说不及时回信让我感到失望,那重新增肥真的是让我感到悲哀!我认为这两件事是有本质联系的。究其根本原因就是你总是放松对自己的要求,不能很好地自律!但是你也不必灰心,人们常说:律人易,律己难。人类的最高境界就是战胜自我,也就是自律的最终结果。这么难,为什么所有修养的人还都不断地坚持,并甘之如饴呢?那是因为首先我们要认识到自律最大的受益者是我们自己。你不及时回信、完成作业(假如)……可能感觉糊弄的是我、老师……但你现在又重新增肥糊弄的是谁呢?你自己!将来没有一个好的工作、前途,糊弄的又是谁呢?还是你自己!

不自律说到底就是对自己不负责任。一个对自己都不负责任的人又怎么能期望他对别人、对社会负责任呢?那不是一句空话吗!以你闻过则喜的修养,你一定能认识到这个问题的严重性。那么怎么办呢?没有别的办法,只有下定决心,下苦功夫,一切从自身做起,从现在做起。还记得小时候带你去鲁迅故居,看到鲁迅先生在书桌上刻的那个"早"字吗？当时，鲁迅先生的父亲患病，他又是家里的老大，要承担大部分的家务，所以上课经常迟到。孩子，如果要为自己的迟到找理由，还有比这更充分的吗？但鲁迅毕竟是鲁迅，他不仅不迟到，还在桌子上刻了"早"字。从此，比别的同学到得更早。其实，伟人和凡人在小的时候并没有区别，就如同大家都处在同一起跑线上一样，只不过伟人能够不断地自律，不断地改正自己的缺点，最后才能到达光辉的顶点。退一万步讲，要想过一个健康、向上的生活不自律也是不行的。现在有多少人不顾自己的健康、学业，天天大吃大喝、持续打游戏……都是不自律的结果。顺便汇报一下，我现在已经不吃晚饭了。不仅健康了，更有一种战胜自我的成就感！相信你再次减肥成功也会重新找到这种感觉。我希望你现在开始一切从这个"早"字做起。问候早一点发、信早一点回、作业早一点完成、礼物早一点给、家务早一点做完、肥早一点减……这样坚持下来，孩子，你一定能变成一个越来越自律的人，同时也是一个越来越自信的人！

如果这个世界上真的有泣血篇，那么老爸的信就是这样的泣血篇。

  祝

健康、快乐！

老爸
2013.12.10

切火鸡

寄 语

小轩和他的爸爸

侯玖凤

认识小轩和他的爸爸是在 2003 年的沈阳东关模范小学的校园里，当时小轩是一个一年级的小豆包，我是他的班主任。一个胖乎乎的小男孩，面对即将开始的住校生活满眼的迷茫和期待。小轩的爸爸很特别，没有在入学第一天跟老师交代很多需要老师帮助孩子完成的事情（当时沈阳比较正规的住宿制学校还很少，孩子们周一早晨到校，周五下午回家，中间没有特殊情况不可以接回家。由于孩子小，很多家长在第一天送孩子到学校的时候都会反复交代老师很多事情，从穿衣服到吃饭、睡觉盖被子，交代得非常详细），只是简单地跟老师打过招呼就与孩子告别离开了，这少有的正常举动显得那么特别（选择让孩子住宿应该是为了锻炼孩子的自理能力，如果所有的事情都由老师像家长一样的照顾，那岂不是失去了住宿的初衷），也让我第一个注意到了小轩这个孩子。

小轩是一个诚实、善良、大气的男孩，对老师很有礼貌，对同学也很关爱，在班级里，无论老师交代什么工作，他都很高兴地去完成。对于一个 6 岁的小孩，住校一定会遇到很多问题，这时他也会像其他孩子一样寻求老师的帮助，但是从来没有因为遇到问题而耍赖哭闹过，我想这应该是家庭教育留在他身上的印记。

说到家庭教育，作为老师，我对小轩爸爸说过的一句话印象很深刻："忙是说给不重要人的借口。"在当时那样的经济环境下，很多人都在忙于应酬各种人际关系，为自己的事业铺设人脉，奠定基础。作为国企的老总，小轩爸爸的忙碌是可想而知的。面对孩子的事情却能说出这样的话，可见他对这个儿子的重视程度，并不是第一天入学时表面上看到的不在意，他是在用心地"培养"孩子而不是简单地"养"孩子。

这一点在小轩小学三年级的时候体现得更加明显。当时我由于学校工作安排接了一个一年级的班，小轩所在班级迎来了一位刚刚毕业的新老师，是一位男老师。年轻的老师有着自己的教育理念和教育热情，在与这个教师交接过程中，学生不免出现一些问题，班级中的一些淘气的小男孩影响了班级整体的纪律，也影响了其他孩子的正常学习。在这种情况下，小轩的爸爸拿出了更多的时间与孩子进行沟通，针对班级中的具体事情及时教孩子明辨是非，指导孩子做好自己，稳住自己的心。在小轩爸爸的心里，孩子遇到的任何环境对孩子都是一次锻炼的机会。正是有了这样的基础，小轩才能很快、很好地适应国外的学习和生活环境。

这都不是事儿

> 心态是非常重要的，还记得我刚来美国高中的时候，学校的标语是"心态决定一切"。只要心态好，再难的事也不会困扰我。在心态上要有"这都不是事儿"的态度，但是要抱着"做就要做好"的准则。

20131214　　轩 to 老爸

亲爱的老爸：

对于写信不及时的问题我只能说声抱歉，我以后会尽量注意，但是这11年级真的很忙，请你谅解。减肥我也正在努力中，我会尽我所能地控制我自己。下周就是期中考试了，我微微有些紧张，对自己半年来学的知识不考试的时候觉得已经掌握了，但是在考试前夕瞬间就没底了。今天正好下雨，为原本已经紧张的气氛又增加了一丝压抑。总的来说，这回问题应该不大，只要把以前学好的知识再重新温习，理解一遍就可以了。

在考试前夕，老师会给我们发考试用的复习资料，差不多就是考试内容。我本来以为今年的复习资料会和去年一样顶多五六页就差不多了，可没想到的是光是历史这一门就有整整十篇的题，我们这半年的笔记都没有它的复习资料长。我都已经快被各个学科的复习材料给淹没了。我的英语老师是一位很"奇葩"的老人，他的教学方法和别人与众不同，他总是说他的目的不是让我们拿到A，而是让我们拿到智慧，他每每总能带给我们惊喜。这回的复习材料，这老头果然也是不走寻常路，别的学科的复习材料都是十篇、六篇，最短的一个是五篇，可是到这老头儿可好，他的复习材料是全学校最短的，有点太短了，一共才三个词："生词，文学，笔记"（vocabulary, literature, notes）。连短文的题目都没有。按理来说短应该是好事，但是太短了也要命呀！我们这半年总共学的就是这些，120个生词，六篇文章（还是自读的，他压根就没讲），还有8页笔记，要是只有这些也就罢了，大不了都看一遍，但是连范围、题型都没有这可是有点狠呀，最重要的是他根本就没给我们短文的题目。期中考试一般都是150分满分，短文要占50分，也就是说要是短文是个零分那就意味着那哥们儿我也就悲剧了。我们全班同学集体对老头儿表示强烈的不满，老头儿只是笑了一笑说："要是你听课了，你绝对没问题，要是你没听课，那你还是赶快临阵磨枪吧。"事到如今我们也改变不了什么，昨天晚上我愁眉苦脸回到家，坐在椅子上想怎么应付着考试，我突然就想到我这半年都在认真听课，他的知识点我大部分也都能掌握，他再怎么"奇葩"也不会出根本就没教过的东西。于是我就把他这半年讲的东西都翻了出来，一一摆在桌子上，突然发现其实任务量也没那么大，他今年讲的知识点无非就是围绕着那几个中心思想转，那么他的短文题目会是围绕着哪几个点来出呢？我就把那几个点都写了出来，然后围绕着每一点都写了一个开头模型，写出来后发现这考试其实也不是那么难。箴言17：22说："喜乐的心乃是良药，忧伤的灵使骨枯干。"这句话是没错的，但是我认为一颗喜乐的心是建立在责任之上。我们每个人都有自己的一份责任，那么我们有没有好好完成这份责任呢。就像考试一样，我的责任是学习，我学了那么我自然是对考试自信满满，但是如果我没学，就算临时抱佛脚又能记得住几个字呢？在一个人不安、焦虑、紧张的时候，大部分情况下是因为他们没有完成他们的责任，或者是他们没有把他们的责任负责好。所以，当我们担心的时候一定要问问自己有没有好好完成自己的责任。如果想有一个快乐的心，那么就必须要把自己的责任给做好，能不能承担好自己的责任也是一个人自身能力的体现。我会在这方面上加强对自己的需求，争取能更好地承担起自己的责任。祝老爸身体健康、工作顺利、万事如意！

轩儿
2013.12.14

生活的目标：从容、淡定、健康、快乐

每个家长都要对孩子的未来有个基本的定位，并坚持不断地向着目标努力。我希望孩子将来健康、快乐，所以每封回信的结尾几乎都是"祝健康、快乐！"，并在这封回信中做了详细阐述。高处有高处的奇伟，低处有低处的美丽，只要心态好处处皆风景！

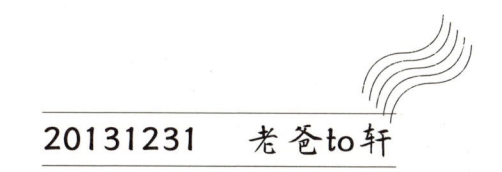

20131231　老爸to轩

亲爱的孩子：

今天是2013年的最后一天！虽然它也是普通的的一天，但由于和新旧交替联在了一起，自然多了许多的遐想。人们最多想到的应该是我这一年做了哪些值得怀念的事？有哪些经验教训？

这一年对我影响最大的事就是你奶奶的去世。这也是我平生第一次处理死亡后的全过程。我由开始的焦虑、恐惧，逐渐变为接受和妥善的处理。一个信念一直在支持着我，那就是：<u>别人能面对的事我一定能面对，别人能处理的事我一定能处理！</u>最大的收获就是让我对死亡有了正确的认识。<u>这是一个人人都不愿意面对，但又必须接受的过程！</u>当然，如何不为陋习所左右，处理好自己的事情等等，还有很多感悟，以后有机会再聊。

这一年最让我高兴的事儿无疑是你的进步。看到你在环境的影响下，在威克特全家的关照下，心智一天天成熟，我真是想起来都高兴。你越来越懂得<u>从善如流、闻过则喜、坚强自律</u>的深刻含义，并能身体力行，这些都为你未来的幸福打下了坚实基础。尤其是看到你发来的MV，真的是喜极而泣。太精彩了！看到你那厚厚的大手真想抓过来狠狠地握握！你从开始不在乎对别人的问候到被动地问候，到主动但不及时地问候，到及时地问候，到用心地去问候。孩子，这可不是一句简单的问候，

这是你关心别人的喜乐之心的培养过程。祝贺你 2013 年获得如此巨大的收获！

　　这一年最有意义的事儿就是收到你的最后一封信，并能及时矫正你对考试的焦虑，进而向你详细解释了生活的终极目标：<u>从容、淡定、健康、快乐</u>！让你的思想来个及时的转向。以前让你刻苦认真地学习，取得好成绩，其目的是为你将来获取幸福准备好手段。但这绝不是目的，最终的目的是<u>从容、淡定、健康、快乐</u>地生活。如果一味地注意考试成绩，甚至考什么大学，那就舍本逐末了。如果说人生是一次登山，其目的是欣赏瑰丽的风景，愉悦自己的身心。学习就如同是为准备登山而进行的体能训练，不断训练的目的是为了登得更高，欣赏更美丽的风景。如果先天条件好，经过不断地努力训练，当然是登得越高越好。其目的是不留下王安石《游褒禅山记》的遗憾。但如果不顾自己的自身条件一味地训练，求高求远，把自己的身体都累垮了，最后即使登上高山也无心欣赏了，更有甚者累得连路都走不了了，岂不是过犹不及？<u>高处有高处的奇伟，低处有低处的美丽，只要心态好，处处皆风景</u>！尽了自己的所能，在哪儿都能享受到美好的生活。况且一山更比一山高哪又有个尽头呢？

　　我做不到把最好的给予全世界，我只能做到把最好的给予你。但你确是我最大的世界，从这个意义上讲我也把最好的给予了世界！世界也确把最好的给予了我，因为你在一天天地进步！

　　2014 年我要接受孩子你的建议，更加积极、向上地生活，争取使自己有一颗喜乐的心。

　　2014 年就要来了，让我们共同期待她，用我们全部的热情、努力和梦想！新年快乐！ Happy New Year！

老爸
2013 最后一天

2014年

我准备今年做到小事飞扬、大事平常的心态。对于小事要有不同于常人的想法和做法，但是对于大事要用一颗平常心来面对。如果说张扬是浪漫主义，从容是现实主义，那么我要用现实的文笔来写一篇天马行空的文章。

激情满满

> 张狂和激情这两个感念我确实是搞反了,但是我觉得我的中心思想还是没有大错的。我还记得有很多中年人都说过:"年轻好呀,有激情。"年轻确实是一种资本,但是如果虚度青春,这不就是败家子吗?有资本,但也要有正确的"挥霍"方式。

20140119　轩 to 老爸

亲爱的老爸:

这是 2014 年的第一封信,学校的老师都说新年新气象,但是说实话,自从来美国之后对于新年的期盼和激动也渐渐地被平平淡淡给取代了。这也可能是没有红包和看不到春晚所导致的吧。学校的生活真的是很紧张,总觉得我们并没有放假。刚一开学就迎来了老师们的"狂轰滥炸"。还好我有备而来,凭着从容不迫的心态化险为夷。

新一年的目标也是有的,减肥,锻炼心态,顺便换个女朋友。最后一条暂定。说起从容、平淡的心态,我认为作为一个 21 世纪的青少年,从容是必要的,但是个性张扬也是不可缺少的。有一个从容的外表和一个张扬的心我认为这更好。从容是通过岁月的积累,从不同的地方吸取大量的经验方能锻炼出来。我不能迫使我从容,尽管表面上是从容但是心却是快跳出嗓子眼儿了。当然了,从容的心态确实更能让人冷静地思考。一个青少年如果总是那么从容也是不好的,我认为少年轻狂是必要的,说句不好听的,谁没有犯二的时候。虽然说从长辈的经验里能吸取教训但是我们不得不承认的是从错误里吸取的教训会更加地深刻。当然了,我们不能犯那种一失足成千古恨的错误。青少年身上应该有那种朝气,试问又有哪个学校喜欢一群死气沉沉,一些心理年龄媲美大叔的学生存在呢?

一味的张狂也是不可以的，上完高中之后会去大学，但是上完大学之后就要步入社会。进入社会很重要的一个心态就是从容，如果一个人一直从幼儿园张狂到大学，那么当他步入社会之后肯定会碰钉子，那种人也就会被大家称为愣头青。从容的气质是不可能一天就培养出来的，所以在高中的时候就应该开始培养从容的心。从容更会帮助人冷静的思考，那么无论是应对考试还是以后步入社会都会有很大的帮助。我准备今年做到小事飞扬、大事平常的心态。对于小事要有不同于常人的想法和做法，但是对于大事要用一颗平常心来面对。如果说张扬是浪漫主义，从容是现实主义的话，那么我要用现实的文笔来写出一篇天马行空的文章。如果从容是东方文化，张扬是西方文化的话，那么我就是一本拥有《朗文词典》封面的《新华词典》。这就是我今年要努力的方向。

祝老爸身体健康、工作顺利、万事如意！

轩儿

2014.01.19

暑假回国的聚会

从容是做人的根本

随着孩子的成长，教育的难度也越来越大。真是：难并快乐着！

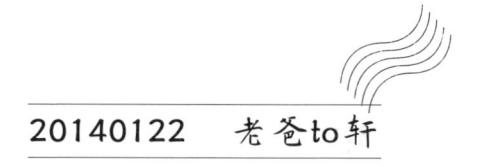

20140122　老爸to轩

亲爱的孩子：

　　你好！

　　这是我们2014年的第一封信，也刚好是总数的第二十封信。这真的是一个集腋成裘、积流成海的过程。它见证了你的成长和你我感情的交流，真的是太宝贵了！

　　看到你能对做人的道理做深入的思索很是欣慰。这是人生的顶级武功，需要不断地总结、研讨、实践，再总结、再研讨、再实践……不断地提高。越到上面越难区分，例如，傲气和傲骨、谦虚和虚伪、自信和骄傲、诚实和简单、善良和软弱、原则和随和……真的是差之毫厘，谬之千里。但这些东西区分得越清楚，你的武功也就越高强，做人也就越完美。在老爸看来做人的最高境界就是得体，也就是说对任何的场景、人物、事件都能有一个合理的应对。可以说从穿衣戴帽、言谈举止到待人接物、与人相处、应对突发事件等无所不包。如果不把这些做人的道理区分清楚是不可能做到得体的。你已经起步了，努力吧！

　　说到从容，它其实是做人的根本。就如同练太极，个性是架子，从容是气，也可以说是内劲。"练武不练气，到老一场空"就是这个道理。唯有内心的从容才能表现出豁达、幽默、机智甚至激情。从容的反义词应该是慌张（或紧张）。试想一个慌慌张张的人怎么能表现出上述品质！在顶级比赛场上往往会出现两种情况：一是一人独霸天下。比如说，下围棋的韩国李昌镐，高尔夫的伍兹，他们一出场别人只能争第二了。为什么？很主要的一个原因就是别的选手面对他们都紧张，患得患失。即使有水平也发挥不出来。二是轮流坐庄。今天你赢明天我赢。就是说大家技术都是一流，今天你从容了、心态好，今天你就赢；明天他好，它就赢。比的就是心态。我身边的一个业余网球高手，一次参加全国比赛，他非常想打好，头一天早早就睡下了，可翻来覆去睡不着，第二天一上场因为紧张动作也变形了，成绩自然不好。当天晚上他就决定放弃了，喝酒喝到凌晨，第三天一上场由于没有了包袱心态也从容了，挥拍也流畅了，结果成绩出奇地好，最后总成绩第三名。可见从容心态之重要。但从容是建立在实力的基础上的，绝不是目空一切和没心没肺，这一点一定要区分开。

　　至于说到张狂，我感觉你是把它和激情搞混了。张狂和逆反一样也是少年成长的一个阶段，人们常说：少年轻狂，实际上是说少年不懂事，所以这个阶段应该越短越好。张狂对外表现出来的就是傲慢和目空一切，其结果必然是狠狠的失败。《三国演义》中，周瑜和关羽都是张狂的代表。"上帝要想让谁灭亡必先使其发狂"也是这个道理。我的桌面上摆着一个鱼化石，为什么？一条小鱼在我们眼里微不足道，但你想过没有，绝大部分的人死了以后第二天就成灰了，留不下任何印记。可这条小鱼由于遇到了地壳的变迁，把自己的印记深深地刻在了石头里，把亿万年前的信息带给我们。在这一点上你能不说它比我们伟大吗？你能不敬重它吗？每个生命，每个人都有其长处，只是暂时没有发挥出来。尊重所有的人，所有的生命，你就不会张狂。<u>有激情、有个性但不张狂应该是做人的一个准则</u>。遇到困难勇于面对，并带领大家一起想办法解决，这是激情。反之，就认为自己行，别人全不在话下，像堂吉诃德一样冲上去，这就是张狂。

　　很多道理都是越琢磨越深，也越有味道，但到了最高境界就是只可意会不可言传了，也就是常说的"得失寸心知"！我们现在的讨论已经接近最高境界了，所以希望和你一起多探讨。如果读了这封信有什么想法可以及时通过微信联系。真理总是愈辩愈明！

　　这是春节前的最后一封信了。2014年是中国的马年，在这里先祝你：
马上有才、马到成功！

老爸
2014.01.22

行动往往比白日做梦还要简单

看完《白日梦想家》后给我的启发实在太多了。最重要的一条就是行动往往是最有说服力的。当你迈出第一步的时候，你会发现你迈进了一个更广阔的天地。在这片天地中，你的梦想会被化为现实。

20140223　轩to老爸

亲爱的老爸：

　　首先感谢您帮我的两个大忙，十分感谢！转眼又是一个月，还有三个月左右的时间我就回国了，不知是今年一直很紧张还是别的什么原因，今年过得特别的快。这个月有两件事对我影响最大，一件是考驾照，另一件就是我给你推荐的电影。

　　考驾照没考过这件事对我是个非常好的磨炼。由于我这三年学习成绩都很好，所以初中时那种挫败感渐渐地被"学霸"这个称号给取代了，以至于当我准备考试的时候并没有真正地把它放在心上，复习也只是匆匆看了几眼，觉得自己肯定能行，不存在考不过这一说。但是当我看到屏幕上那刺眼的提醒的时候，那种迷茫，那种困惑，那种不甘心又回来了。我心中的自负一下子被狠狠地击碎了。我心中有很多的不解，为什么别人能过而我却不行？为什么我明明复习了还没过？为什么明明题目这么简单我却不会？这些疑问不停地在我的脑海里徘徊。然后我意识到其实一切都是因为我自己。我想给考试一个漂亮的回旋踢，但却被考试虐翻在地。由于我自己的不重视而导致了考试的不及格。你以前总是教导我："战略上藐视敌人，战术上重视敌人。"而我却把这点给忽视了。塞翁失马，焉知非福，我认为这次失败的考试给我好好地上了一课。永远要重视对方，狮子搏兔，亦用全力。再大的难关只要不断地努力，也一定会努力。我觉得这次考试的成绩是次要，面对考试的心态才是主要的。后天就是最后一次考试，我会努力复习，一定会把这道坎迈过去。

第二件事对我影响比较大的就是那个电影。我不知道你看没看，但是我觉得演得非常的好。我从中学到了两个道理：第一个是珍惜身边的人和事物。电影里主人公是为了找一张失去的底片，他不远千山万水从美国到了冰岛，但是还是没找到那个摄影师。由于这个他被开除了。他心灰意冷地把摄影师送给他的钱包扔了。当他在喜马拉雅山上找到那个摄影师的时候，摄影师告诉他那张底片就在他的钱包里。他惊慌失措地说："我已经把钱包扔了呀！"但当他回到家里的时候，他的母亲把那个钱包给了他。我看完这段后就想：其实我们最应该珍惜的东西就是我们身边的人和我们身边最常见的事物。我们永远都没有意识到我们身边的人对我们来说有多么的重要，因为我们已经习以为常了。人们常说：当你意识到身边人对你有多重要的时候，已经太迟了。真的是这样。为什么非要失去后才懂得珍惜呢？为什么不能从现在起就好好珍惜身边人和事呢？第二点就是想法永远只是想法，不能改变什么，但是把想法转换为行动的时候就可以改变自己的世界。在电影里主人公是一个天天只会做白日梦的上班族，他总是梦想着自己如何如何的 NB，但是他每天只是两点一线无聊地生活。当他终于迈出走上飞机的那一步，他的生活改变了，他的世界观改变了，他身边的人因为他而改变了。他再也不抱怨生活的无聊，而是享受一瞬间的精彩。行动永远都比话语有力，这是亘古不变的道理。当我们有 N 多想法的时候为什么不付诸行动呢？当我们脑中想过万千想法的时候，为什么不用一个简单而又实际的行动代替呢？行动永远是最有说服力的！
祝老爸身体健康，工作顺利，万事如意！

轩儿
2014.02.23

敬重所有的生命，永远都不要骄傲

和孩子的关系最高境界是成为朋友，这就要求家长要不断向孩子学习。儿子给我推荐的电影《白日梦想家》(《The Secret Life of Walte Milly》) 真是一部好片子，让我学到很多东西。

20140311　　老爸to轩

轩儿：

你好！

第一个谢就不必了。我儿子能把女同学领回来，老爸做点什么也是乐此不疲！第二个谢就是越少越好了，及时沟通完全可以避免。

驾驶课的考试能让你对骄傲有深刻的认识真是太重要、太及时了！人的失败主要是骄傲和半途而废。所以自古以来无数成功人士无不把骄傲视为大敌，无时无刻不在提醒自己做一个谦虚谨慎的人。为什么人们这么忌讳骄傲呢？因为骄傲你就会目空一切，你就会瞧不起任何人。表现出来对他人的不屑一顾。比如说，同学问你一道题，如果你不会，但和颜悦色地告诉人家：对不起，我也不会！人家会感到很正常。相反，你会，但和人家说：这么简单的问题你都不会，也太笨了，猪脑袋呀！这样即使你告诉人家了，他也会恨你，因为你瞧不起人家，某种意义上讲是侮辱了别人的人格。所以，骄傲不仅使你的身边没有朋友，还会多出很多反对你的人。你说可怕不可怕？

老爸送你鱼化石，让你经常看看，就是让你敬重所有的生命，永远都不要骄傲！记住：越是有水平、有涵养的人越是对所有人都平和、客客气气的，让人感到温暖。尤其对待那些地位和能力都不如自己的人更是要客客气气的。这一点你要多学学老爸，你看我对给自己服务的人总是和颜悦色，很尊重人家。为什么？因为在我的心里人与人都是平等的，只是从事的工作不同，但没有高低贵贱之分。"墙头芦苇头重脚轻根底浅，山间竹笋嘴尖皮厚腹中空"。上联写的就是骄傲的人，下联写的是没本事还吹牛的人，我再加个横批"浅薄"送给你，希望你能提醒自己一辈子都不要骄傲！

电影推荐得很好！寓意深刻、画面优美，尤其是摄影家见了梦寐以求的雪豹而不照，真是到了化境。我们每个人都应该把最美的东西留给自己的心灵！更让我感动的是你对老爸的再教育。人们常说：三十年前看父敬子，三十年后看子敬父！说的是孩子小的时候，如果他的父母混得好，人们就会善待这个孩子。等父母老了，如果他们的孩子混得好人们就会尊敬他的父母。说得有一定的道理，但我总觉得功利的色彩太浓。我把它改为：三十年前看父教子，三十年后看子教父，横批：共同进步！老爸能和你有共同语言，赶上你的步伐，也就是赶上了时代的步伐。

也是受这部片子的影响，还有你和大家的鼓励，老爸也准备在亲子教育上有所作为了。先准备在一个网站上讲讲，让葛老师他们帮忙把点击率提上来。同时，我再到几个亲子教育中心学学。研究一个运营的模式。还是你的那句话：行动永远是最有说服力的！

对你下一步要选什么专业，我只能给些建议，主要还是听威克特夫妇和你自己的见地。记得巴顿将军（美国著名四星上将）上军校前，问他的岳父、一个著名的企业家，自己应该学传统的兵器专业还是学新的坦克专业。当时，传统的兵器专业出了很多高级将领，而坦克才刚刚出现。他岳父说，军队我是门外汉，但总应该选择有发展前途的专业。众所周知，巴顿选择了坦克专业，成就了一世英名。这句话也是我对你的建议！不要把是否挣钱放在第一位，而要把未来是否有发展放在第一位。因为选择没发展的专业你只有10%的成功机会，而有发展的却有90%。这也就是我们常说的：世界潮流浩浩汤汤，顺之则昌，逆之则亡。

看到你一天比一天理性、睿智，又充满朝气，老爸真的是很欣慰！脑海里总是浮现你高高的个头，穿着休闲西装，面带绅士微笑地站在我的身旁，这个感觉真好！祝健康、快乐！更祝在底特律玩得快乐！

老爸
2014.03.11

熊孩子

小山村大城市

我在美国住的地方真的是一个小山村,沃尔玛才三家,小山村有小山村的好处,但是总是困在这容易审美疲劳。到了底特律之后发现了不一样的天地,我回来之后默默地对自己说:"还是小山村好,外面的世界太精彩,有点承受不来。"

文中的风筝是我从国内带到美国的,是老爸用降落伞给我换的,没想到第一次放飞,就……

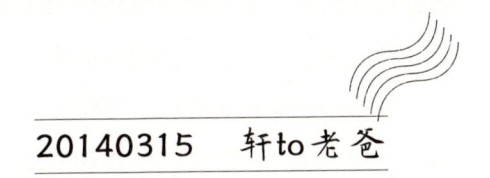

20140315　　轩 to 老爸

亲爱的老爸:

又是一个月过去了,距离期末考试也越来越近,学校的气氛中难免会有一丝压抑。您上回跟我说的两个对联我记住了,我不会像芦苇或者竹笋那样。关于底特律之行真的是没什么好讲的。我去底特律有两个目的,第一个是看看叉子和王姐。第二个就是看看所谓的美国破产城市。对于城市中的高楼大厦看过了,知道了,见识了,也就行了。很久之前就听说底特律破产,我还以为城市会有多么的萧条,可是一见识才知道,哪有一点萧条的样子,通用汽车公司的总部大楼闪闪发光,前来参观的人络绎不绝。福特工厂的停车场比市府广场还要大,满满地停着员工的车。吉普的工厂更是不用说,新造出的车子满满当当地停在停车场中,车窗上反射出的光芒好像是对新买主的期待。"不愧是美国大城。"这是我心中的第一个想法。就算政府破产了,也对城市本身没什么影响,就是没有警察罢了。看到了叉子和王姐,见识到了繁荣的底特律,我这次底特律之行也就圆满了。

您早上跟我说结尾的事情我也考虑了。这次的信主要不是写底特律而是写您给我的风筝。昨天我刚回家匆匆收拾了一下之后,威廉姆就建议我出去放风筝。我看了看外面就毫不犹豫地答应了。满怀着信息抱着风筝出去进行了第一次试飞,结果风筝不幸挂在树上。当时威克特先生就直接告诉我这风筝是取不下来了，我当时失落极了。我跟您发了短信，您告诉我这是风筝的归宿之一，就像人类和动物也有不同的归宿一样。当时我的心里就轻快了不少。不过当我抬起头看着那挂在树枝上的风筝的时候，我被眼前的一幕深深地震撼了。只见那红色的蜻蜓风筝的一个翅膀死死地缠在树枝上，无论风有多大都牢牢地抓着树枝，仿佛是对这早已经注定的归宿不满，又仿佛是对这失败的风行充满不甘。它想再次翱翔于它追求的蓝天，它想落地然后再次飞起，顺利地飞起然后顺利地降落。我不禁陷入深思，人们常说："认命吧！"为何？为什么我们不能斗争？为什么我们不能反抗？为什么我们要放弃？一夜过后，我再次仰望着那挂在树上，死死地拉着树枝的风筝，发现一个翅膀和尾巴都不见了，我到处寻找终于在树林中找到。中午的时候，风筝被大风吹下了树枝，正正好好落在我的手上。看着手中那翅膀开胶，翼骨折断，相连接处也断开的风筝我心中像打翻了五味瓶，不知道是什么感受。但我知道我要尽我的全力来演绎我自己的人生，我会为我已经人生而奋斗，我更不会轻易放弃自己的追求。写到这里不禁看了看手边的风筝，那伤痕累累的风筝好像在为劫后余生而感到庆幸，又好似为那激烈的斗争而感到自豪，更像是对下一次挑战的期盼，但我看到最多的是对将来的生生不息的希望！

祝老爸身体健康、工作顺利、万事如意！

轩儿
2014.03.15

要不不做，做就做好

写信还有一个好处，它是持续的、有据可查的。一对比就知道孩子是进步了还是退步了，也就能对他及时地给予指导了，与聊天相比优劣立现。

叉子，英文名字是 Chadz，我们都谐音戏称其叉子。他当年在沈阳做外教时，我帮了他一些忙，可以说是我的美国老弟。他的妻子小王是我老友的姑娘，也是通过我间接认识的。

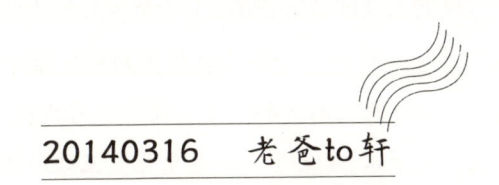

20140316　老爸 to 轩

轩儿：

　　本着"要不不做，做就做好"的原则，对你的信进行了一些修改。希望以此能对你的英文文章也有个帮助。文章总是越写越熟，越写越觉得可写的东西越来越多，可你却觉得没有可写的，这是为什么？主要还是观察不细，更主要是懒，不动脑子！这样下去岂不成了一个文思枯竭的人了！

　　你给我写信，结尾应该以对我以前对你教育的回忆、叉子对我的回忆引起你的感悟……总之是和我有关的事情、感情来结束。这表现你是一个知道感恩的人，更培养你对他人的人文关怀！将来无论你给谁写信都要以这种方式结束。例如，给威克特夫妇，就要回忆他们对你的关心，而且应该是具体的事件。看看我给你写的信，基本都是以对你的关心结束的。

　　看别人的东西一定要思考：这个地方写得好，我应该学习！这样才能不断进步。

老爸
2014.03.16

20140315 轩 to 老爸

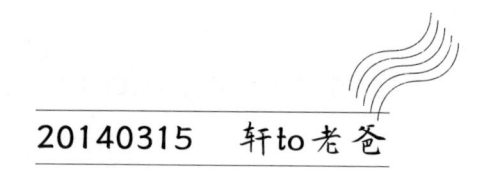

亲爱的老爸：

又是一个月过去了，距离期末考试也越来越近，学校的气氛中难免会有一丝压抑。您上回跟我说的两个对联我记住了，我不会像芦苇或者竹笋那样。

关于底特律之行真的是没什么好讲的。（去个旁边的小镇都可以写一篇文章，去那么远的大城市能没什么好讲的？主要还是用不用心！用心则处处皆文章，不用心就是去趟月球也可表示为：就是石头和沙子，没什么好讲的。）我去底特律有两个目的，第一个是看看叉子和王姐。（叉子有哪些变化？王姐给你的第一印象是什么？他们是怎么接待你的？热情与否、叉子母亲的生日等都应该写一下，这表示你把人家的付出记在心里了，同时对我也是新鲜的。）第二个就是看看所谓的美国破产城市。对于城市中的高楼大厦看过了，知道了，见识了，也就行了。很久之前就听说底特律破产，我还以为城市会有多么的萧条，可是一见识才知道，哪有一点萧条的样子，（可以写一些其他表示繁荣的地方，然后接：尤其是通用汽车公司的总部），大楼闪闪发光，前来参观的人络绎不绝。福特工厂的停车场比市府广场还要大，满满地停着员工的车。吉普的工厂更是不用说，新造出的车子满满当当地停在停车场中，车窗上反射出的光芒好像是对新买主的期待。（精彩）"不愧是美国大城。"这是我心中的第一个想法。就算政府破产了，也对城市本身没什么影响，（由于只有一个例子，这个结论就显得单薄）就是没有警察罢了。看到叉子和王姐，见识到了繁荣的底特律，我这次底特律之行也就圆满了。

您早上跟我说结尾的事情我考虑了，这次的信主要写不是底特律而是写您给我的风筝。昨天我刚回家匆匆收拾了一下之后，威廉姆就建议我出去放风筝。我看了看外面就毫不犹豫地答应了，满怀着信息（心）抱着风筝出去进行了第一次试飞，结果风筝不幸挂在树上。当时威克特先生就直接告诉我这风筝是取不下来了，我当时失落极了，（。）我跟您发了短信，您告诉我这是风筝的归宿之一，就像人类和动物也有不同的归宿一样。当时我的心里就轻快了不少。不过当我抬起头看着那挂在树枝上的风筝的时候，我被眼前的一幕深深地震撼了。只见那红色的蜻蜓风筝的一个翅膀死死地缠在树枝上，无论风有多大都牢牢地抓着树枝，仿佛是对这早已经注定的归宿不满，又仿佛是对这失败的风（飞）行而充满不甘。它想再次翱翔于它追求的蓝天。它想落地然后再次飞起，顺利地飞起然后顺利地降落。我不禁陷入深思，人们常说："认命吧！"为何？为什么我们不能斗争？为什么我们不能反抗？为什么我们要放弃？一夜过后，我再次仰望着那挂在树上，死死地拉着树枝的风筝，发现一个翅膀和尾巴都不见了，我到处寻找终于在树林中找到。中午的时候，风筝被大风吹下了树枝，正正好好落在我的手上。看着手中那翅膀开胶，翼骨折断，相连接处也断开的风筝我心中像打翻了五味瓶，不知道是什么感受。但我知道我要尽我的全力来演绎我自己的人生，我会为我已经（有）的人生奋斗，我更不会轻易放弃自己的追求。

　　写到这里不禁看了看手边的风筝，那伤痕累累的风筝好像在为劫后余生而感到庆幸，又好似为那激烈的斗争而感到自豪，更像是对下一次挑战的期盼，但我看到最多的是对将来的生生不息的希望！
祝老爸身体健康、工作顺利、万事如意！

轩儿

2014.03.15

只要心情好，处处皆风景

写信的开始说教成分多一些，到后来孩子成熟了，只要把自己真情实感表达出来让他自己判断就好。

20140413　老爸to轩

轩儿：

你好！

这可能是老爸最不及时的一封回信！休假去了趟杭州，因为南方温暖的气候对我的颈椎病和心脑血管疾病有好处。回来又忙着安排叉子来访和处理积攒下来的工作就耽搁下来。好在今天是最后期限，否则，真的要向你说对不起了。

你的上一封信总体上讲我是不很满意的。1. 底特律之行写得不精彩。这个我已在你原信上改过，就不赘述了。2. 最后由风筝的损坏引出的议论和感想多少有些牵强附会，给人以假、大、空之感。对比你看到小虫往上爬的感想，其高下立分，还望你细细体会。要是引发了你今后做事前一定要先仔细地观察周围的环境再行动，以防出现灾难性的后果，如倒车时不看后面有没有人、下车前不看后面有没有车……可能更贴切。做任何事情都要记得：过犹不及！（事情做得过头和不足是一样的）

这次去杭州真是在最好地方的最好季节和最适合的人做了一次最好的旅行！感想自然也是颇多的。杭州的四月，莺飞草长，满目苍翠，空气甜润，天堂之名不虚也。在这样的地方人的精神会格外活跃，多走走、多看看的欲望也就自然更强烈。友人比我小两岁，是地地道道的杭州人，中学就读于江南名校绍兴一中，鲁迅、徐寿堂等名家都做过这个学校的老师。大学毕业于华东师大西方语言文学系。你要知道当时华师大的英语系在全国是数一数二的，当时全国高校学口语的教材《Step by step》就是华师大编的。毕业后友人能留校任教，可见功底之深。后来去上海的一家美国公司工作了十八年。前年，由于换了个总经理，带去了很多不好的风气，友人感到很不爽，提前辞职享受人生了，牛吧！友人小的时候就和姥姥一起读《红楼梦》，谈起西方名著更是娓娓道来，如数家珍。你知道老爸对于真的有学识的人总是很钦佩，应该是从善如流吧。只是苦于周围这样的人太少，所以我们很有些共同语言。去之前友人就说可以借我辆车，按常理不可能是什么好车，我也就回绝了。后来想去一次奉化溪口，蒋介石的故居，只有开车去了，当时设计的是当天去当天回。见到朋友借我们的车我真是不敢相信自己的眼睛——是一辆奔驰260。开上以后感觉超好，你可知道这是我第一次开奔驰啊！好的东西给人的精神享受是超过它的本身的，对普通的东西我们可以说我"用……"，对好的东西我们可以说我"享受……"，这种感觉是完全不一样的。所以，在懂得享受（例如：好茶要会泡，要体会它的香气和美妙；好酒要会品；好车要开好……），经济条件又允许的前提下一定要享受好的商品，因为这是享受生活的重要组成部分！这也是我的第一个感受。工具好，人的想法自然就多了！问：附近还有什么景点？答：再开两个小时就到雁荡山了。雁荡山？33年前学习介绍它的课文的情形又浮现在了眼前。我一直记得"雁荡径行云漠漠，龙湫宴坐雨濛濛"这一名句。去！在溪口游玩一天后，未返杭，直奔雁荡山。见到了两个奇景：一是珍珠瀑布。它在大龙湫瀑布的边上，一般的游人根本不知道。我偶然打听路，一个小贩热诚向我推荐的。真是奇景！水分子之间是有吸引力的，所以所有的瀑布都是一片一片，至少是一条一条往下落的。可这个瀑布，从最上面就是呈水滴状往下落的，站在它的底下往上看（在其他的瀑布底下你都只有挨浇的分儿！）好像看3D影片一样，仿佛一个个珍珠不断地从天而降。所有看到的人无不惊呼连连。宝贵的是由于水滴很小，又是向着亮处看，所以根本照不下来，只有自己亲身去体会。为了感谢这个小贩，我特意买了她60元的东西。再有就是灵峰的夜景也是一绝。天黑后所见与白天迥异，黑黑的山峰好像一个个剪影屹立在星空下，所像的人物、动物也更加的传神。太黑了，也是照不下来的，只有亲身去体验。真没想到33年前在课堂里的梦想，能在一个偶然的机会变成现实。只要有梦想随时都有圆梦的机会，这是我的第二个感想！

　　回程的路上友人说：可以路过一个叫仙人居的地方，也是浙江的一处风景名胜。可见找一个本地的、有层次的向导是多么的关键。有时间，路又近，还有好的工具，岂能放过？去！

　　到了景区车辆拥挤，原来是清明小长假的第二天。我们是来享受美景的，岂能和他们挤来挤去，撤！我们去了当地名气稍差一点的景区，果然人少多了。坐电梯到山顶细细地品味了"会当凌绝顶，一览众山小"的感觉。进杭州城，爆肚（堵）！友人地理熟，及时找了个厕所。当友人有些心烦的时候，我说：我们及时上了厕所，没憋着；中午吃得好，没饿着，应该是所有塞车队伍里最幸福的人了！景区挤，放弃！塞车，不烦！去哪儿，随意！我以前虽然知道，当一个人的经历足够丰富，悟性足够高，那么一定会达到"只要心情好，处处皆风景"的境界。但这次却是我第一次亲身实践，随性、闲适、品味都是旅游的最高境界。有点像《The secret life of walte milly》里那个摄影师对待雪豹的感觉。你也知道，老爸总有一种万水千山都走遍的感觉，对哪儿也提不起兴趣。今后我要带着这样的心境去尽量多地感受自然之美！这也是我的第三个感想。

　　还是回到现实中来吧！一定要坚持按老爸说的去做，把失眠治好！人的一生在确定了正确的目标之后，就要靠好的生活习惯和学习习惯来支撑。缺了哪一个都会带来"出师未捷身先死，长使英雄泪满襟"的恶果。切记！切记！

　　一想到两个月后的今天就能见到你了，高兴的心情只能用无以言表来形容了。祝健康、快乐！

老爸
2014.04.13

缘分？安排？

我当时想买车，但是住家不是特别同意，所以和老爸在信中交流了一番。老爸是一个很讲究缘分的人，我觉得一切都是有因必有果。

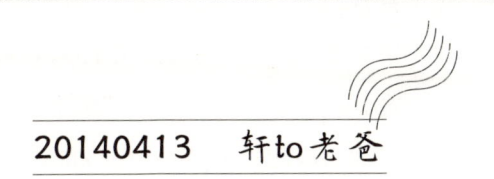

20140413　轩to老爸

亲爱的老爸：

这次您的回信虽然不及时，但是可能是我读的次数最多的一封信。您说我上封信给人一种"假、大、空"的感觉，我很是同意。

我过于追求"小虫信"的感觉，反而过犹不及，我会努力改正。您的第三个感受给我带来的冲击性最大。当你写到你的友人的时候，我很是欣赏他那"随心"和"随意"的人生态度，更是欣赏您那积极、乐观、"随和"的心态。我觉得自己是一个很随和的人，但是还是会为生活中一些不顺心的事而感到烦躁、不安，可并没有恐惧。

我已经开始锻炼自己冷静地面对问题，我争取要做到"泰山崩于前而色不变，麋鹿兴于左而目不瞬"的心态。我有这种心态也是因为我知道："上天总是在帮助我，如果我解决不了或者我根本无能为力的事，我为什么还要担心呢？交给上天就好啦，我只要干好我能干的事就行！"对于您的第一个感想我很是同意，这也是为什么我想要买卡迪拉克的原因，因为无论是相比于雪佛兰和福特这种中低档车，还是讴歌这种中档偏上的车，卡迪拉克都是一款安全性能高、舒适、大气、实用和耐用的车。虽然修理上会比讴歌贵一点点，但是绝对比讴歌耐用。

威克特夫人是一个很节俭的家庭主妇，从威廉姆身上就可以看出，威廉姆总共有两双鞋，15件衣服，其中两件还是我给他的。威克特夫人是"只要还能用就不能扔"那类型的人。从她有八个孩子的历史中可以看出原因，我也是很理解，而且节俭是一个很好的习惯。她总是不同意我买卡迪拉克，说买一辆差不多的车就可以，威克特先生倒是没有反对我买。

　　总而言之，还是您的那句话："经济条件允许的前提下一定要享受好的商品。"对于您的第二个感受我有一点不是很同意，那就是您见到瀑布并不是偶然，而是上天的安排。我们常说太偶然了，这是个偶然，其实这些并不是偶然，背后有一只无形的大手来推动着整个事件。如果按照进化论的思想来说的话，这个宇宙都是一个偶然，更不用说渺小的人类了。

　　如果人们认为所有事情都是偶然的话会是一个什么后果？人们心中就不会存在一个感激之情，现在在我嘴边第二常用的句子是："感谢上天！"第三常用的是："赞美上天！"第四常用的是："万万没想到（you never know）！"生活中有太多的惊喜也有太多的不如意，这些都并不是我们人类可以掌握的，但是这些对我们来说看不见摸不着的事物对上天来说简直是易如反掌。三十三年前，上天用一句诗在您的心中种下了一颗种子，三十三年后上天让您体会到了他身为造物主所创造出伟大而瑰丽的景观，这些都不是偶然的。当您遇到不顺心事情的时候请对自己说："上天与我同在，任何事都会好起来的。"当你遇到顺心事的时候请说："赞美上天！"
祝老爸身体健康、工作顺利、万事如意！

轩儿
2014.04.13

黄金非宝书为宝，万事皆空善不空

家书的另一个好处就是可以把自己所有的宝贵经验，包括成功和失败，都保存下来，留给后代，成为一笔宝贵的财富。这一点我在扬州参观何园看到他们的家训，联想到何家满门精英，感触尤深。

20140511　老爸to轩

轩儿：

你好！

今天是周日，母亲节。在干旱了两个月左右后，沈阳也下了第二场春雨，就如同一盆水泼到了干干的土堆上，空气里充满了尘土的味道。树叶变得翠绿了，连鸟儿的鸣叫也欢快了许多！独坐办公室，拥着一杯武夷岩茶，突然感到给你写信竟是除了晨练之外唯一能让我静下来的事儿！也对，教育你和善待自己的确是我最重要的两件事！毕竟老爸也到了天命之年，能让我上心的事儿真是越来越少了。

"泰山崩于前而色不变，麋鹿（不是：迷路）兴于左而目不瞬"。语出自苏洵（苏轼他爹）《权书·心术》。你现在还能用这样的句子真是了不起，赞一个！第二句是说身边出现一大群麋鹿而看都不看，也是形容意志坚定。可不是找不到路还看都不看哟！

信的结尾总是特别突然，给人以急刹车的感觉，不好！没有那种余音袅袅、绕梁三日的感觉。多看看老爸的信和你自己的小虫信。如果一封信是一篇作文的话，那么开头是20分、中间内容是40分、结尾是40分。千万不要因为匆忙而草草地结尾，把一篇好文章搞得兴味全无！

4月中旬接待了盖博（Gibb）先生和叉子一行。为了不让老朋友失望，也希望能为你多创造些机会，老爸使出浑身解数安排了一次经贸、文化之旅。尤其是元飞

（给你写字的那个老师）的现场写字、作画彻底感动了盖博先生一行。当场他让他的同事作证说了一段让我很感动的话：于先生，我这次不送你任何礼物，我只是承诺我要对艾迪负全部的责任，绝不是一般的帮助！但愿他说的是真的！

5月2日，约了几个朋友去登山。出发时已下起了小雨，但大家还是坚定地出发了，毕竟约一次不容易。到了山脚下，天空阴云密布，冷雨一阵紧似一阵。由于这是一个月以来的第一场雨，所以谁也没想到能下这么大，气温能降这么低。这时苏轼的那句"莫听穿林打叶声，何妨吟啸且徐行"出现在了我的脑海里。我不顾风雨地坚实走好每一个台阶。这样精力一集中，虽有些冷，但更感觉是一种不同的体验。尤其是到了山顶，极目望去，阴雨下、寒风中就我们这一队登山的，一种自豪感油然而生。中午，吃着暖暖的火锅，大家尽情地分享这次经历。没有了当时的凄冷，只有美好的回忆。真是：归去，也无风雨也无晴！

台湾地区领导人马英九的母亲一周前仙逝。昨天他发表了一篇纪念文章，和纪念他父亲的文章珠联璧合。我在微信上转了，希望你能好好读一读。我用"情真意切，感人至深！母慈子孝，人间楷模！"来评价。尤其他们的家训："<u>黄金非宝书为宝，万事皆空善不空！</u>"更是至理名言。尤其第二句，感触尤深。我当年帮助叉子，还有很多同龄人，尤其是青年人，并没有任何的图谋，只是觉得他们不容易应该帮一把。十几年过去了，他们都成长起来了，我，也包括你，都在或多或少地得到他们的帮助。真的体会到善不空啊！你现在的条件比我当年要好得多，更要坚持多帮助人、多做善事！如果你将来有很多的后代，我们的家训是否可以是：读书、为善、健康、快乐！怎么样？

上次的信虽然发晚了，但由于离你回信的时间近，你就多读了几遍？回信也就更有的放矢了，我也就索性晚点儿给你回信了。期待着你本学期最后一封精彩的回信！

已经是中午了，但我并不觉得饿……

祝健康、快乐！

老爸
2014.05.11

注意我的结尾！要是你估计写到"台湾地区领导人……"那段就结束了。

在家劈柴。美国高中规定学生每周必须做一定时间的家务劳动，并且计入成绩

积极的生活态度

> 有太多事都需要我们负责，或者说我们每个人都有很多的责任。如果把责任看成一种压力，生活反而不美，责任只是一种生活态度。

20140516　　轩to老爸

亲爱的老爸：

周末有一些学校的活动要参加，所以提前把信给您写了。关于你说的家训，我认为总结得十分到位，我希望等我回国后可以找人写下来然后让我带回美国挂起来。关于您的信我有一句话琢磨不透，就是那最后一句，总觉得有点突然或者说奇怪。时间真是过得飞快，转眼间我还有四周就回国了。这一年可以说过得充实而忙碌，辛苦却又不失欢乐。几年发生了太多太多事，有的让我惊喜，有的让我悲伤，有的让我琢磨不透，但是更多的却是让我受益颇多。

列夫·托尔斯泰说过："一个人若是没有热情，他将一事无成，而热情的基点正是责任心。"这一年我的肩上增加了很多的责任。不论是手里的银行卡还是兜里的车钥匙。我要为卡里的钱负责，为车里的人负责。责任不论大小但都是衡量一个人自身修养的标准。我认为成人和小孩的区别就是在于承担责任的多少。我第一次使用那张银行卡是在韩国机场。当那薄薄的卡划过机器发出"唰"的一声时，那感觉真的是很好，我觉得"尽在掌握"。这种感觉就像面对毒品，尤其是掌握金钱，更是像大麻，但是当你掌握了一笔不劳而获的金钱的时候就像吸食了海洛因。最开始的一段时间，还可以控制，但是在12月份左右因为去了奥兰多，当我在奥特莱斯给住家买礼物的时候就有些不受控制了。但是当我想起每一声"唰"都代表着你的一点血汗钱没有的时候，我立刻把我的银行卡交给了威克特夫人。现在我已经能控制住自己，因为我知道这张卡不仅代表着你辛苦，你对我的期望，更代表着你交给我的一份责任，还有你对我的信任。当我第一次握着方向盘的时候，威克特先生就告诉我："当你握上这方向盘的时候，就代表着你要承担起你自己的安全、你乘客的安全和你周围人的安全。而唯一确保这些安全的方法就是养成良好的开车习惯和遵守交通规则。"这也更易不让我认识到车只是一个代步工具，开车并不是为了速度，而是为了快速而又安全地到达目的地。我已经开了五个小时的车，虽然经验不多，但是在我的脑海中总有一个印象就是我不能辜负乘客对我的信任，所以我会尽可能地来养成好的开车习惯。我想我今年最大的改变就是肩膀上的责任。责任并不是一种压力而是一种积极的生活态度。问题在于我们是否有勇气来面对这种态度。

经过这三年的练习，我也终于提前写了一封信（某种意义上）。说实话，当我最开始写这封信的时候我想好好回忆一番今年发生的事情。但是当我真正开始回忆的时候却发现真的能想起几个对我教育颇多、对我冲击性很大和能引发我思考的事情。我还依稀记得爷爷写的那本书，是叫《生活的浪花》吧？里面有一句话大概意思是在生活的这片大海中，我们只能捕捉到一朵朵小小的浪花。我觉得真的是这样，如果我这整整17年的回忆是一片沙滩的话，那么我这一年的回忆就是我手里的一捧沙子，沙子在慢慢地流逝，最后留在手里的不过只是那一小堆沙，但是只要能把那一小堆沙子给看透，我认为就足矣……

写完这封信后不禁长舒了一口气，可能是对这一年来的发泄，也可能是为这一年来的努力感到慰藉，看着窗外已经长到脚踝的野草，我知道我的生活才刚刚开始。祝老爸身体健康、工作顺利、万事如意！

轩 儿

2014.05.16

责任并不是一种压力而是一种积极的生活态度

对于孩子的培养何时放手是最见家长功力的。就如同老鹰培养小鹰,最见功力的就是何时把它蹬下悬崖,早了就摔死了,晚了就变成"鸡"了。银行卡给孩子之后我没有留密码,花多少我也看不到,全凭他做主。信任孩子就是自信的表现!

20140526　老爸to轩

轩儿:

你好!

你今年的最后一封信可以说是一个完美的收官(围棋术语,即最后走的几步棋)!"责任并不是一种压力而是一种积极的生活态度。问题在于我们是否有勇气来面对这种态度。"这句话真的是太精彩了!它是宣言书,宣告着你已成为一个成熟的青年;它是新起点,标志着从现在开始你将为自己的未来负起责任。有了这种积极的生活态度,无论将来遇到什么困难,你的人生都将是一个快乐的人生!它是播种机,在你的周围播撒善良、诚实、快乐的种子,会有越来越多的人感受你的这种正能量。莫愁前路无知己,天下谁人不识"轩"!

我上封信的最后一句是想表达我专心给你写信和你交流,连吃饭都忘了。追求的是那种言有尽而意无穷的效果。经过我的提示你能体会到吗?

虽说瑕不掩瑜,但瑕毕竟是客观存在,不应漠视。"几年发生了太多太多事,有的让我惊喜,有的让我悲伤,有的让我琢磨不透,但是更多的却是让我受益颇多。"这句话应该详写!为什么?你知道老爸最关心你的思想动态,好给你提供必要的指导。你我不能面对面地交流,我怎么能知道"惊喜""悲伤""琢磨不透""受益颇多"都代表什么?要写成:几年发生了太多太多,例如:什么什么让我惊喜;什么什么让我悲伤；什么什么让我琢磨不透，但是更多的却是什么和什么让我受益颇多。这就完美了！

　　知道你最近极忙，就不多写了。我常讲，在信息技术如此发达的今天，人们之间不见面就可以解决所有的问题，唯一解决不了的就是感情。

　　期待着 6 月 13 日与你重逢！

　　祝

健康、快乐！

老爸

2014.05.26

参观博物馆

义字当先

这可不是什么黑社会的口头禅,更不是关二爷的义薄云天。姥姥的病真的是给我狠狠敲醒了警钟,让我意识到事有轻重缓急,但是还有什么事比亲人生病还重要呢?

20140831　　轩to老爸

亲爱的老爸:

转眼间又是半个月,不得不说时间真是过得飞快。不知不觉中我一上学两周,经历了五次考试了。LCA还是一如既往地毫不留情。不过我还是很喜欢林奇堡,我很喜欢八月末的林奇堡。

今天是八月份的最后一天,按理来说天气应该很是凉爽,但是林奇堡的八月却是与众不同。坐在沙发上从窗外望去,远处的树木被微风拂过发出沙沙的响声,叶子被风儿拨动,反射出零星的日光,就像一片片镜子镶嵌在树叶上,蝉还是不知疲倦地震动着翅膀,好像和树叶配合演奏一曲激烈而不失轻柔的交响乐。空气被大地散发出的热量扭曲,好像一条条小蛇在空中随着交响曲、和着拍,跳着舞。近处的猫咪趴在椅子上一动不动,就像是对这炎热的八月的默默抗议。小狗金色的毛发在阳光的照耀下闪闪发光,蹲在床边贪婪地吸着我屋里的凉气。我呢,则是听着大自然的交响乐,<u>看着</u>空中的舞动,<u>闻着</u>刚除过的草地所散发出的芬芳,<u>感受着</u>微微温风中的那一<u>丝丝</u>清凉的气息,<u>领略着</u>"耳得之而为声,目遇之而成色"的境界,<u>享受</u>屋内的凉风和屋外的温风所带来的反差。屋内和屋外的气温是矛盾的,我的暑假也是矛盾的。屋内屋外的矛盾给我带来了前所未有的感受,而我那矛盾的暑假也让我受益匪浅。

两个月的暑假说短不短,说长确实是蛮长的。我不得不承认,我确确实实"放荡"

的两个月,但是从那两个月的放荡中我也从中学到了三点。两个月,百分之九十的时间我都是在和同学玩,玩,成了我的首要任务。但是我姥姥的病给了我一个巨大的冲击和教育。当我刚刚知道姥姥的病的时候,我是非常无助的,也是有些惊慌,但是当我给你和我妈打电话之后,所剩的只是无止的纠结。但是我最终还是取消了旅行,因为我知道一个人必须要有一个道德的底线,而这个底线也是建立在一个人正确的是非观和他本身的修养所结合。当你明确了这个底线就不能夸过它而为所欲为,就像你说的外圆内方一样。姥姥的病让我明确了自己的底线。第二件事就是当你越有理的时候,说话越要温和。一个人的修养体现在他的谈吐和举止上,不难看出谈吐就占了百分之五十。当我和同学辩论的时候,我在不经意的时候,语气会很冲,语言会带有一定的攻击性,这都是不好的。而你的提醒犹如大钟一般把我震醒,让我知道了温和的谈吐和心境的重要性。最后一点,也是最重要的一点就是广泛的朋友圈的重要性和时间的利用,我在这次的暑假玩得很爽,但是我从中收获的也无非就是那么几点,而且没有一个是从和同学玩的工程中学到的,也就是说我白白耗了我两个月的时间。这让我感到十分的羞愧与遗憾。但是从这中间我也学到了交一些"在某一领域比你水平高"的朋友的重要性,我的一生是有限的,我不能把有限的时间浪费在"玩"这么单纯而缺乏思考的行为上。我那看似白白浪费的两个月却是让我学到了很多,所以我说,我的这个暑假是矛盾的。说实话,我在刚听到要写信的时候心中有一百个不愿意,但是在写的过程中我整理了思路,也复习了我在那矛盾的暑假中的所得,我觉得很是受益,在这里还是要再次谢谢老爸。

　　以前在中国上学时总是听广播员说"新学期,新气象"。我说,"新季节,新收获"。远处的树叶已经停止了摇摆,蝉停止了演奏,大地偃旗息鼓,狗儿和猫咪也早已睡着。在这万阑俱寂的屋子里,我从那以略微清凉的和风中感受到它送给我的信息,秋天来了。

祝老爸身体健康、万事如意,天天锻炼、不闪老腰!

轩儿

2014.08.31 星期日

一个人必须要有道德底线

抓住关键事儿对孩子进行醍醐灌顶的教育是很重要的。孩子小时候是姥姥带大的。当他正要去长白山旅游的当天,他姥姥突发疾病。开始他还想继续去旅游,但在我的劝说下他还是留了下来陪伴姥姥。从此,做人要义字当先这一理念深深地印在他的脑海里。

20140901　老爸to轩

轩儿:

你好!

信写得很好!我是带着欣喜的心情来改你这封信的。看到你能这么的闻过则喜、从善如流,我就恨不得把平生所学一下子交给你。应该说你已经有了优秀的基础,现在就是如何实现超越的问题。所以你表现得越好我的要求也就越高,这就是老爸的心情,还望你能理解。

下划线的部分是我润改的。你要细细体会我改过的地方。下次写信定要消灭错别字和丢字落字!不要一丑遮百俊哟!

老爸
2014.09.01

20140831　轩 to 老爸

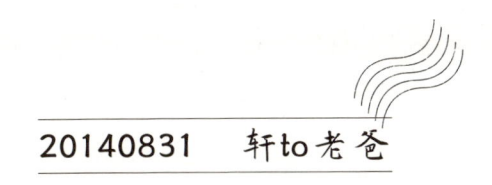

亲爱的老爸：

　　转眼间又是半个月，不得不说时间真是过得飞快。不知不觉中我一(已)上学两周，经历了五次考试了。LCA还是一如既往地毫不留情。不过我还是很喜欢林奇堡，我很喜欢八月末的林奇堡。

　　今天是八月份的最后一天，按理来说天气应该很是凉爽，但是林奇堡的八月却是与众不同。坐在沙发上从(向)窗外望去，远处的树木被微风拂过发出沙沙的响声，叶子被风儿拨动，反射出零星的日光，就像一片片镜子镶嵌在树叶上，(传神！)蝉还是不知疲倦地震动着翅膀，好像和树叶配合演奏一曲激烈而不失轻柔(的)交响乐。空气被大地散发出的热量而扭曲，好像一条条小蛇在空气中随着交响曲而和着拍，跳着舞。近处的猫咪趴在椅子上一动不动，就像是对这炎热的八月的默默抗议。小狗金色的毛发在阳光的照耀下闪闪发光，蹲在床边贪婪地吸着我屋里的凉气。我呢，则是听着大自然的交响乐，看着空中的舞动，闻着刚除过的草地所散发出的芬芳，感受着微微温风中的那一丝丝清凉的气息，领略着"耳得之而为声，目遇之而成色"的境界，享受(着)屋内的凉风和屋外的温风所带来的反差。屋内和屋外的气温是矛盾的，我的暑假也是矛盾的。屋内屋外的矛盾给我(的感官)带来了前所未有的感受(体验)，而我那矛盾的暑假也让我(的人生)受益匪浅。

　　两个月的暑假说短不短，说长确实是蛮长的。我不得不承认，我确确实实"放荡"的(了)两个月，但是(在这两个月中我也学到了三点。)从那两个月的放荡中我也从中学到了三点(这三点不是从放荡中学的)。两个月，百分之九十的时间我都是在和同学玩，玩，成了我的首要任务，但是我姥姥的病给了我一个巨大的冲击和教育。当我刚刚知道姥姥的(生)病的时候，我是非常无助的，也是有些惊慌，但是当我给你和我妈打电话之后，所剩的只是无止的纠结。但是我最终还是取消了旅行，因为我知道一个人必须要有一个道德的底线，而这个底线也(正)是建立在一个人正确的是非观和他本身的修养所结合（的基础之上的）。当你明确了这个底线就不能夸（跨）过它而为所欲为，就像你说的外圆内方一样。姥姥的病让我明确了自己的底线。第二件事就是当你越有理的时候，说话越要温和。一个人的修养体现在他的谈吐和举止上，不难看出谈吐就占了百分之五十。当我和同学辩论的时候，我在不经意的时候，语气会很冲，语言会带有一定的攻击性，这都是不好的。而你的提醒犹如大钟一般把我震醒，让我知道了温和的谈吐和心境的重要性。最后一点，也是最重要的一点就是广泛的朋友圈的重要性和时间的利用，我在这次的暑假玩得很爽，但是我从中收获的也无非就是那么几点，而且没有一个是从和同学玩的工（过）程中学到的，这让我感到十分的羞愧与遗憾。但是从这中间我也学到了交一些"在某一领域比你水平高"的朋友的重要性，我的一生是有限的，我不能把有限的时间浪费在"玩"这么单纯而缺乏思考的行为上。我那看似白白浪费的两个月却是让我学到了很多，所以我说，我的这个暑假是矛盾的。说实话，我在刚听到要写信的时候我心中有一百个不愿意，但是在写的过程中我整理了思路，也复习了我在那矛盾的暑假中的所得，我觉得很是受益，在这里还是要再次谢谢老爸。

　　以前在中国上学时总是听广播员说"新学期，新气象"。我说，"新季节，新收获"。远处的树叶应（已）经停止了摇摆，蝉停止了演奏，大地偃旗息鼓，狗儿和猫咪也早已睡着。在这万阑（籁）俱寂的屋子里，我从那以（已）略微清凉的和风中感受到（了）它送给我的信息，秋天来了。（！）

祝老爸身体健康、万事如意，天天锻炼、不闪老腰！

轩儿
2014.08.31 星期日

20140921　老爸to轩

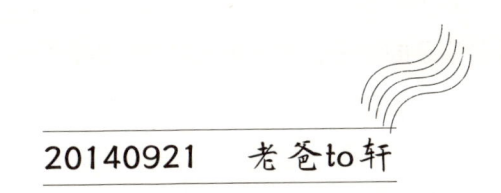

轩儿：

你好！

自从收到你的信我就一直琢磨着给你回信，但这段时间去了趟长白山、武汉，还要挤时间去锻炼，所以一直没有大块的时间让我动笔。但今天（因为明天你就要写信了）是最后的期限了，我只能专程来办公室赶工。看来人到任何时候都需要逼一下。

长白山的秋景很美，尤其是低低的白云和清新的空气看着让人畅快、闻着让人心醉。只是我一路牙痛，这也是我48年来第一次牙痛，右侧什么也不敢嚼，还连带引起了感冒和发烧，真是美中不足！以前看到周围的人牙痛，龇牙咧嘴的，只是觉得会很痛苦但并没有切身的体会，发生在自己身上才知道什么叫切肤之痛。它提醒我们一定要珍惜已有的、似乎又是平凡的幸福，比方说健康、亲情、友谊……这些东西之所以容易被忽视主要是我们总是认为它们是应该存在的，就如同我看待我的牙一样，它跟了我48年从未痛过，我怎么会关心它。可一旦失去了你才知道你是多么的难受，它是多么的宝贵！对待牙我们平时要好好地爱护，认真刷牙，不吃冷、热、硬的东西；对待朋友我们要尽力帮忙；对待亲人我们要时时关心。<u>孩子，这个世界上没有哪件事情是应该的，都是以真心换真情，以汗水换成就！</u>

最值得一提的当数湖北黄州（现称黄冈市）之行。去之前，原本想让陈叔叔带我们坐船游长江。到的当天晚上，陈叔叔请我们吃饭，席间我想起了令我心仪已久的东坡赤壁。以我对《前赤壁赋》的热爱，你是可以理解我的这种心情的。但如果超过两个小时以上的车程我也不会去，因为去了这么多古迹，大部分是物非人亦非，能发思古之幽情的几乎没有，又有路途的劳顿，不值。可一打听只有一个小时车程，而且他们两个武汉人也是数次路过也没去过，大家一拍即合，决定第二天一同前往。

去之前以为东坡赤壁最其码也应该在大江边，否则怎会有"惊涛拍岸卷起千堆雪"这样的词句呢？到了跟前一看原来是个离长江很远的市内公园，园区的广场已是儿童游乐园，放着嘈杂的音乐，怎不令人失望！走过广场就是主景区了，古式建筑的大门独立成院，东坡赤壁就在这里面，上面有二赋堂、栖霞楼等诸多景点。我们首先找了个导游。看人文景观一定要找个导游，否则基本等于没去，这也是经验，切记！在她的带领和讲解下，我们为一处处古迹而惊叹，方觉不虚此行。原来在上世纪三四十年代东坡赤壁还在大江边呢，上世纪五十年代长江改道，加上后来河道变得越来越窄，现在离长江已有两公里之遥了。想东坡重到，也应把"驾一苇之所如，凌万顷之茫然"改为：登高坡之所如，望长江而茫然。这也难怪，苏轼在写完《前赤壁赋》后三个月再来，在《后赤壁赋》中就发出了"曾日月之几何，而江山不可复识矣"的慨叹，更况一千多年后的今天呢！这也提醒我们：对自己身心有益的事情能做时赶紧做，美景能看时赶紧看，否则只能是"无花空折枝"。东坡赤壁的大门有这样一副对联：客到黄州，或从夏口西来武昌东去；天生赤壁，不过周郎一炬苏子两游。意思是：到黄州很自然只能从夏口往西或武昌往东，而赤壁因周郎一炬，苏子写了两个名篇，哪有不出名的道理呢？把历史的著名事件看得和生活常识一样自然，大气！在二赋堂里面有从宋代到现代，包括张之洞、蒋介石等无数名人留下的墨宝，让人感到历史的厚重。尤其知道苏轼的号东坡，就是因为他当时生活很苦，人家送给他几亩坡地，让他自给自足而得名；他的最著名的一词两赋，和其他的400多篇文章都是写于此地，更感到此地的人杰地灵。

尤其令我感动的是苏轼的达观。黄州被贬是他人生第一次大的挫折，此前几乎被斩首，经多方营救才改为贬黄州，由省长级干部变为副处级，降了有7级。他也由开始的彷徨苦闷，变为最后的"莫听穿林打叶声，何妨吟啸且徐行。……归去，也无风雨也无晴"。他在《后赤壁赋》里借梦中道士之口问：赤壁之游乐乎？也就是说，你在黄州很苦，但赤壁之游不很快乐吗？！实际上在告诉我们生活就是再苦你也能找到欢乐。也就是西谚所说的：上帝在这儿关上门，又在别处开了窗户。至此以后，他又屡有升降。被贬更远的广东惠州时，他开玩笑说：这是古人被贬到过的最远的地方了。言下之意是：你还能把我贬到比这儿更远的地方吗！此话传到当权者那里，他们很是生气，心说：好，让你还有心说风凉话，把你贬到更远的海南岛看看。他就到了当时几乎没有人烟的儋州（海南岛）。难怪台湾学者蒋勋会说：如果那时候知道有台湾，一定会把他贬到台湾。但由于有了黄州的大彻大悟，无论多么艰难困苦他都能从容应对。写下了"问汝平生功业，黄州惠州儋州"这样豁达的诗句。人类社会无论多么美好，每个人都会面临各种各样的难题，只是出现的时间和程度不同，所以这种豁达的心态永远是需要的。

　　本学期你的学习任务不重，确实是博览群书、开阔视野的绝好时机。切不可因没有学习压力而让时光虚度。可让威克特夫妇给你推荐几本美国的名著来阅读，我建议海明威的《老人与海》一定要读，"Man can be destroyed, but can not be defeated"这样纯爷们儿的语言只有他能写出来。马克·吐温的也要选一本。不懂的可让威克特夫人帮你讲解，正好对她也是注意力的转移，一箭双雕，何乐而不为呢！带去的《史记》《傅雷家书》《艺术哲学》都要有计划地读读。我也愿意在这些方面和你多探讨。也可以和家人或美国同学多到各处走走。总之，一个人按照别人安排好的任务来生活是基础，真正能把自己的生活安排好才是目的。古人讲的"慎独"就是这个道理。这学期的主要任务能否用这十六个字概括呢？锻炼身体、增加技能、博览群书、开阔视野。

　　由于你比同龄的孩子见识广、懂事儿，周围少不了夸赞之声。但你一定要认识到这些夸赞是对你过去努力的认可。它是你前进的动力而不是骄傲的资本。什么时候你沾沾自喜了、停步不前了，这样的声音就会离你远去了。"先天下之忧而忧，后天下之乐而乐"老爸是做不到了，若能"先你之忧而忧，后你之乐而乐"足矣。

　　下封信一定要消灭错字、别字、丢字、落字。

　　祝
健康、快乐！

老爸
2014.09.21

和友人的孩子

亲　情

> 在偶然的机会下，我开始了我的翻译工作。当时有一名中国学生突然晕倒，他的父母都从国内赶过来，结果学生还是不幸去世了。当我参加葬礼的时候，他父亲的讲话真的是让我感触很深。

20140921　轩 to 老爸

亲爱的老爸：

　　明天便是入秋，在渐渐转凉的微风中看着远处那一片片微微变黄的树海，盯着那几片在空中不急不慢地飘落的枯叶，心中一片宁静。说实话，在写这封信之前我足足盯了20分钟的屏幕，脑中一片空白。最后实在没有办法，又将你的信读了一遍，这才抓住思路。

　　我把你的回信足足看了四遍，最吸引我的还是那游黄州赤壁的那一段，更准确地说应该是苏轼那豁达的心胸吸引着我。尤其是那一句"问汝平生功业，黄州惠州儋州"。我读完后不禁大笑了三声。苏轼的这种积极、豁达、乐观的心态也正是我所追求的。两周之前，在我强烈的建议下LCA国际学生会终于派出我和一男两女来指导新的中国学生。站在讲台上看着那一张张疑惑、不解的青涩面庞，我才终于意识到我已是一名马上要步入大学的高三学生，而在这里坐着的都是想从我这里得到帮助的。我不自觉地就想起《师说》中的"师者，所以传道授业解惑也"这句话，遥想三年前的我，在学校处处都要自己摸索，遇到过很多问题，有种当年宋濂求学的意思。觉得自己如今也是半个老师了，不禁开始沾沾自喜起来。当我开始跟这些新生攀谈才知道他们大部分都是高一的，有两个初二的，还有四五个初三的。在交流的过程中，有一件事让我哭笑不得，也是这件事让我意识到任何时候自己本身的经历和修养都是最重要的。九年级时对我来说是最难的一年，也是最有教育意义的一年。最难是因为两节课：塞克顿先生的地球科学课和寿司先生的历史课。这两门课可是让我学得痛不欲生，但当时没有人和我上同一门课，实在是"叫天天不应，叫地地不灵"。就在这样的一个艰苦环境下，我磕磕绊绊地拿到一个 C 和一个 D。我当时就对自己说以后绝对不再选这两个老师的课了。从那过了三年，当我已成为了一名拥有 3.8GPA 的高三学生的时候，我那些可爱的后辈们竟然异口同声地问我："塞克顿的地球科学和寿司的历史课该怎么上？"我先是一愣，然后苦笑了一声，心想："我当年都差点挂了，我哪有办法？"但是心中所想的不能在嘴上说出来，我凭着我这些年"摸爬滚打"的经验，在心中总结了几项学好任何科目都应该具备的好习惯和两位先生讲课的特点，于是说道："我在九年级的时候也有着和各位学弟学妹们一样的烦恼。这两位先生讲课都有这么几个共同的特点：讲课快，阅读量大，笔记多。如果我们解决了这三个难题，那么这两门课就不会再困扰我们了。对于讲课快，大家可以和老师们私下沟通一下，就说：'老师您讲课太快我听不懂，能不能把语速放慢一点？'老师不会蛮不讲理，自然会把语速放慢，如果还是听不懂，那么可以课后问老师。阅读量大，这个问题是最难解决也是最好解决的。阅读需要很强的自主和自律，不读肯定是不行，但是读吧还读不明白，这怎么办？读不明白可以查字典，问老师，问同学，都可以，说句不好听的，一遍读不懂，两遍三遍四遍五遍，连蒙带猜也明白了。最后一个问题，笔记多，这是一个好事，笔记越详细越好，这样复习考试才有方向。我希望我这几个建议能给大家带来帮助，有什么问题以后可以随时问我。"说完这一番话，抹了一把脑门上的汗，听着台下的掌声，只有我自己才知道刚才那些话都是我凭着三年的经验结合了 3 秒钟思考的时间才"编"出来的。事后几个新生来找我说我的建议很是有用，这并不让我感到诧异，因为我说的话都是我的经验之谈，也是我自己亲身体会过的。这三年的时间让我经历了很多，也让我见识了很多，这些经验和经历都是我在以后人生道路上的基石，就算我以后跌倒在人生的道路上，这些经验、经历、学识都会永远伴随着我，而我也能凭着这些真正的财富从跌倒的地方重新爬起继续以坚定的步伐迈向未来。

看着那早已落地的枯叶，不禁想到明年这个时候我就是一名大一的学生了，紧张？也许。兴奋？也许。期待？也许。不安？也许。但我觉得凭着我的经验、经历和学识会"享受"我的大学生活的。想到这我不禁又放声大笑三声。

祝老爸身体健康，工作顺利，万事如意！

轩儿
2014.09.21

参观博物馆

经历和经验是人生道路上的基石

> 这次写信前他用微信告诉我，他给威克特先生当翻译去处理中国学生突发死亡事件，但我发现他第一次信上并没写。这么重要的经历岂能一带而过，而不好好总结？所以，我让他又补上了。果然写得声情并茂。从这里大家也能看出写信和聊天的巨大差距。

20140921　　轩to老爸

亲爱的老爸：

（补上次的信）

　　上周四刚参加完那位去世的中国学生的葬礼，气氛很是悲伤。但是由于我那天路考考过了，所以心中的激动将那悲伤的气氛冲淡很多。坐在座位上，听着台上那磕磕绊绊的中文翻译，和他父亲那机械式的演讲，我并没有什么特殊的感觉。毕竟我不认识他，我连他的名字都不知道，我只是在一个月前见到的他，当时他已经躺在病床上昏迷不醒。威克特先生代表利伯蒂大学国际学生部前去看望他。在那前一天的晚上，威克特先生问我："你能当我的翻译吗？"我说："好！"这单单的一个"好"字显得有些单薄，起码应该做个激动状，然后再推托一番说自己能力不够，缺乏经验之类的，最后"勉为其难"地接受任命。但是我知道，通过你对我的训练，和我自己总结的经验，我是没有问题的。<u>这一个"好"字不仅表达着我对我自己的信心，也表达着我对你教育的肯定。</u>第二天，当我见到他的父母的时候并没有感到紧张，反而感到有些激动。威克特先生先说了一些慰问的话，然后表明了自己的身份，又问他们需要什么帮助。他的父母很是紧张，只是不断地说"不用"和"谢谢"。威克特先生事后问我为什么所有问题的答案都是"谢谢"和"不用"？我说："这是中国的文化，中国人总是喜欢在别人面前强作欢颜，不论内心已经多么的遍体鳞伤，一定要强撑着，表面上装作自己很好。"威克特先生"哦"了一声。下一次我们看望他的父母的时候，他的父亲说一句"谢谢"威克特先生就回一句"谢谢"，两个人对着对方说了5分钟的谢谢，搞得我这个翻译哭笑不得，后来两人都不用我再翻译"谢谢"这个词了。出了医院我问威克特先生为什么要不停地说谢谢。他惊讶地说："这不是你们的文化吗？"我苦笑着说："他的父母人生地不熟，刚来到这里，儿子还昏迷不醒，心里不是一般的累，他们还处于迷茫状态，在这悲伤和迷茫的作用下，当然只能说一些简单而又单调的话。可一直说谢谢却不是我们的文化，我只是说强作欢颜是中国的一种文化。"威克特先生说："哦，我还以为不停地说谢谢是你们的文化呢，希望下回我有什么不明白的地方，你也能及时地告诉我。"我当时被威克特先生这份博爱和谦虚给深深地影响了。他尊重每一个国家的文化，知道了以后就会立刻运用到社交上去，这一点让我深深地感到佩服。

  正想到这里，他父亲的演讲突然中断，他的父亲开始在讲台上低声地抽泣，嘴中不断念着："我的儿，我的儿。"他那悲伤的话语穿越了语言的屏障，感染了在场的一个人，包括我。路考时的喜悦已经荡然无存，取而代之的是对台上哭泣的父亲的同情。不论文化如何根深蒂固，人毕竟还是感情动物，我们是脆弱的，我们是渺小的。但是当我们尽情地享受了人生，体验了人生，充实了人生，我们就不再脆弱，就不再渺小，因为我们身边有着陪我们一起哭泣、一起欢笑的脆弱的渺小的亲人、朋友。看着满堂那些泪流满面、悲痛欲绝的人，听着那"舞幽壑之潜蛟，泣孤舟之嫠妇"的哭声。我想对逝者说："你虽然年纪轻轻就离开了我们，但是你享受了、体验了、充实了你的人生！你也影响了在座的各位！金，你一路走好，我们在天堂上见面的时候，希望你能用你那阳光的笑容来迎接我！"

祝老爸身体健康、工作顺利、万事如意！

轩 儿

2014.09.21

2014.09.29 改

20141016 老爸 to 轩

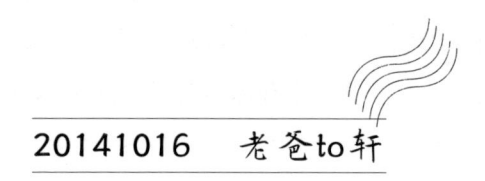

轩儿:

你好!

因为周末要和你 H 叔叔等朋友去本溪聚会,所以今早 7:00 即到单位给你写信。要求你 No excuse(没有借口),我还有什么话讲。况且人总应该有一点 No excuse 的事儿,否则也就懈怠了。越是年轻这样的事儿越多,这样才能不断进步。等到年龄大了,各方面不断定型,这样的事儿就越来越少了。还要感谢你给我保持 No excuse 的机会。

虽然每次写信前很长时间就开始打腹稿,但等到动笔时还是觉得不知如何开头是好。古人讲:文章千古事,得失寸心知。其实小到一封信又何尝不是如此呢!

这个月主要有这么两件事值得说一下:1. 开始重读《史记》;2. 认识了一个新西兰朋友 Ian。

类似《史记》这样的名著之所以千古不朽,就是因为你在任何的情形下读到它,它总能给你新的启示。尤其是随着你的年龄和阅历的增加,你会发现很多道理它早已告诉你了,只是你才疏学浅没有读懂。所有人们公认的名著都如同一座座深藏的、取之不尽用之不竭的宝藏,你的学识、你的刻苦、你的耐心就是发掘它的利器。所以当你的学识越多、越刻苦、越有耐心,你挖到的东西也就越多。反复读《圣经》相信你会有这种体会。除此而外,莎士比亚、海明威等西方作家的名著,和给你带去的《史记》《傅雷家书》《艺术哲学》都属于此类,希望你能悉心(全心全意)阅读,更希望和你分享读书的心得,讨论读书中遇到的问题。

读《项羽本纪》和《刘邦本纪》觉得项羽真是厌倦了征战,真的想分封天下,让大家都过上太平日子。只可惜他不懂得对于刘邦这样的毫无道德水准的人是永远不能满足的。而刘邦正是吸取了这一点教训,他不仅对他的敌人,甚至于对他怀疑的人都赶尽杀绝。项羽的灭亡标志着贵族精神退出了中国的历史,从此中国很少出现过像美国南北战争结束后没有一个战俘、没有一次杀戮,大家共同建国的景象;

更没实现像欧洲那样国家林立、共同繁荣的局面。取而代之的大部分是一次次暴力革命、一次次落后代替先进、更是一次次赶尽杀绝，只能不断地"后人复哀后人"。读《吕太后（刘邦的皇后吕后）本纪》觉得吕后本人是个很有能力的女人，但她一味地重用吕氏家族的人（任人唯亲），而把重视有能力的人（任人唯贤）放在次要地位。结果她一死，她的那些族人悉数被杀，她倾尽全力所筑的吕家天下也顷刻瓦解，真的是害人害己。反观武则天，任人唯贤胜过任人唯亲，用了一大批类似狄仁杰、贺知章（写"二月春风似剪刀"的）这样的能人，即使她死后也没人能撼动她的地位。无论你现在的学生会工作，还是以后做事业，都要记住：<u>做事业一定要任人唯贤，否则就是害人害己！</u>

新西兰朋友 Ian，她的妻子是沈阳人，羽毛球打得极好。几周前参加一个友谊赛，我主动和他一组，给他当翻译，彼此相处得很好。以后又和朋友几次请他打球，每次我都向他介绍很多中国文化。他说：我和我媳妇在一起生活十几年也没有和你在一起这么几天了解得多。我能和这么多的外国人成为朋友主要还是因为我对中国的历史和文化有着深刻的了解，并能以普世的原则看待这一切。有几次谈到子女教育他都说：你直接和我妻子说汉语吧。他是做家具的，有意要在沈阳寻找商机，我又带他去参观凯航他家的工厂。他觉得下步有合作的可能。凯航他爸也要学英语了。<u>不关心则已，要关心就关心到底，让对方彻底感动</u>，这也是老爸处世的原则。

再过几个月你就18岁了，也是成人了。学习也应该从被动地被人家教，逐渐转为主动地发现别人的优点，并不断地在自己身上实践，最后变成自己的优点。尤其不断地在自己身上实践最为关键，否则发现和没发现是一样的。去年有一次，你从威克特家人的生活中学了一件非常好的事儿，并做了一次，令我很是感动并鼓励了你。可从那以后你再也没做过，你还记得是什么事儿吗？

又发了一次第十号信，希望你对写信有更深的领悟。最少要写三四件事儿，读后感、观后感都算。你这样的年龄不可能在生活中不遇到问题，除非你不认真地思考。也希望你不断地在信里提出一些问题，我们共同探讨，真理愈辩愈明嘛！

祝健康、快乐！

老爸
2014.10.16

随遇而安

威克特先生有一次问我说:"你爸爸最近在干什么?"我说:"不知道呀,应该在工作吧。"威克特先生哭笑不得地说:"我都61岁了还要天天工作,你到我单位肯定能找到我,你爸才多大,身体不好,就想着要退休了?"我只能说:"随遇而安吧。"

20141018　轩to老爸

亲爱的老爸:

在写这封信前,看了一下你之前的几封回信。突然发现,你不是以要去哪哪哪,就是刚从哪哪哪回来,要不就是在哪哪哪打球开头。转身看了一眼在电脑前,戴着老花镜,皱着眉头,一边打电话,一边写邮件的威克特先生。心中不禁暗叹:这同样是人,同样是爹,生活怎么就差出那么多呢……当然了,心中早就已经有了答案:一方水土养一方人,地方不同,生活的方式也是不同的。生活的目标不同,方式也就自然不同。尽管如此,这个发现还是让我哭笑不得。"哭"是因为你比威克特先生年轻了12岁,却有一个如此与世无争的生活;"笑"是因为你比威克特先生年轻了12岁,却生活得如此洒脱。对老爸你这生活的洒脱和洒脱的生活,儿子我的佩服之情如滔滔江水连绵不绝。这句话看起来像拍马屁,其实还真的是拍马屁。只不过是发自内心地拍罢了。

关于去年在威克特先生家学到的事,我觉得是关心你的生活。威克特父子常常一个月说不上一次话,我们父子俩交流的频率远远超出威克特先生父子。打电话,发微信,写信,以至于我就渐渐没再提起这件事。你心中所想的也许不是这件事,但是在父子交流的问题,我觉得威克特先生应该向咱俩学习学习。他们父子一谈话就很正经,让我在旁边觉得很是压抑,连女朋友都不讨论,以至于他这四个儿子,威廉姆太小不算，其他三个都打着光棍呢，威克特先生还一副稳坐泰山的表情。有一次问起威克特先生这件事，他却说："也许是没遗传好吧？"不得不佩服威克特先生这份沉稳。最近一段时间他会很忙，因为就在前天有一个韩国女生被卡车撞了，还在医院昏迷不醒，所以最近不一定有机会问，音乐学院的事我也会和他作深入的讨论。

在写这段的时候，我刚刚从威克特先生最好的朋友的婚礼上回来。是的，不是威克特先生的朋友的儿子的婚礼，是威克特先生的朋友。老先生今年56岁，有三个女儿，其中两个已经结婚，有一个孙子。他的对象我从来没有见过，但是一看就知道是个女强人，站在那里活力十足，一看就知道以后家里的钱都是归她管，不禁为老先生捏了一把汗。整个婚礼简单却不失庄重，幽默却不失感动，宛然一副"都已经试过一次了，没啥新鲜的"的架势。夫妻二人整个过程中都没有流泪，只是手拉着手，嘴上挂着那满足的微笑，默默地看着对方的眼睛，仿佛这世界只剩二人。虽然儿子我从来没结过婚，也没有多少恋爱经验，但是我真是觉得这二位找到了真爱，我也从心底里为这对"新人"祝福。但是，当别人都在为这对新婚夫妇的艰辛历程而感动的时候，我心中却有一股悲凉之情。两人已年近六十，方才找到自己生命中真正的另一半，可是等到找到的时候两人连孙子都有了。结婚照上自己拉着自己的孙子，说好听点这是享受天伦之乐，说不好听点，不觉得很滑稽吗？从你的身上我知道了选择一生伴侣的重要性，可这对"新人"的婚礼却给我敲响了警钟。正如你所说，再过不到一个月，我就年满十八了，十八岁是一个什么概念我不知道，但是我知道的是，在这个对于我还是陌生的世界中，我会渐渐熟悉陌生，而随之而来的会是各种诱惑，我觉得你对我的培养和我的所学都是为了能够使我在这些陌生和诱惑中分辨是非，保持清醒。而这个婚礼真的是一个当头棒喝。众人的欢呼把我从杂乱的思想中拖了出来。眼前，新人已经上车，开始了蜜月之旅，也开始了他们的人生之旅。虽然旅途会很短暂，虽然旅途会有坎坷，虽然旅途的风景会平淡，但是这是一个未知的旅途，是一个充满爱的旅途，是一个欢乐的旅途，是一个潇洒的旅途。因为当他们二人手拉着手，嘴上挂着那满足的微笑，默默地看着对方的眼睛，看到对方眼睛中自己的身影的时候，旅途的路程短暂吗？旅途的过程坎坷吗？旅途的风景还重要吗？费德里夫妇，愿你们有一个拥有彼此的旅程……

在参加婚礼之前,其实我不是特别想去,主要是我和新婚夫妇不是特别熟,人家也没有特意邀请我。但是威克特夫人说:"家人会永远地在你身边,但是朋友终有一天会离你而去。"你觉得这句话有道理吗?我也在思考,总是觉得模棱两可。祝老爸身体健康、万事如意,洒脱走本溪!

轩儿
2014.10.18 星期六

美女相伴

人生的最大满足是自我实现

> 突然感到培养孩子就像一个大人和一个小孩在跑步，开始大人在前面（父子阶段），但小孩会越跑越快逐渐追上大人（兄弟阶段），经过一段并行跑（朋友阶段），然后把大人甩到后面。这封信有点和朋友讨论问题的味道了，甚慰！信中提到的元飞是鲁迅美术学院的青年书画家刘逊芝，我的好老弟。

20141116　　老爸to轩

轩儿：

你好！

这个月发生了一件始料未及的却值得一说的事儿，它们充分体现了生活的偶然性。这就是我被调到了省公司××办做主任。由于身体不好，我的本意是想提前退二线。但领导认为我还年轻，退二线太早，又经过朋友的斡旋，得到了这个令大家都满意的结果。如果说必然性保证了生活的稳定，偶然性则为生活添加了不同的色彩。两者一起构成了一幅或悲或喜、或明或暗的生活画卷。古人说的：随高随低随时过，或长或短莫埋怨。讲的就是如何应对生活的偶然性。

你发现我和威克特先生的生活态度不一样，说明你不仅有敏锐的观察力，更有对生活本质的深层次的思考，可喜可贺！什么才是生活的最高境界？这一直是一个见仁见智的问题。但被全世界普遍接受的就是美国心理学家、行为学家马斯洛的理论，即需求层次论。马斯洛理论把需求分成生理（Physiological）、安全（Safety）、爱和归属感（Love and belonging）、尊重（Esteem）和自我实现（Self-actualization）五类，依次由较低层次到较高层次排列。在自我实现需求之后，还有自我超越需求（Self-Transcendenceneeds），但通常不作为马斯洛需求层次理论中必要的层次，大多数会将自我超越合并至自我实现需求当中。

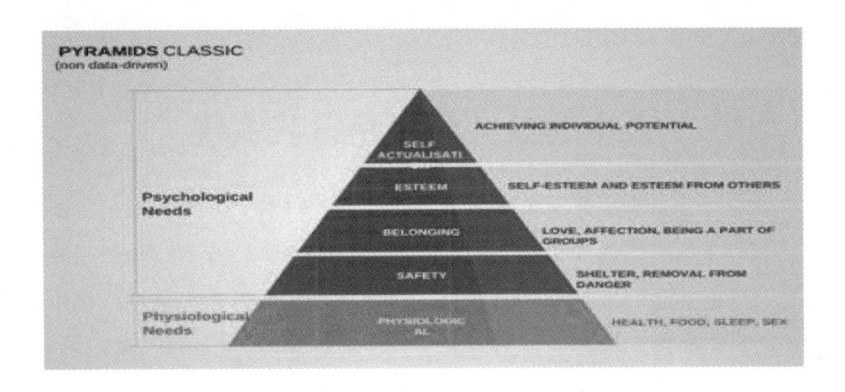

这是一个划时代的理论，它为整个西方的生活方式做了很好的诠释，同时又为全社会人才的培养和使用提供了坚实的理论基础。将来你学心理学一定会深入学习他的理论。这个图（见上图）告诉我们生理需求是基础，当然也是最重要的。你只有活得健康快乐才能实现上面的理想。太监也可以当很大的官，但由于他基本的生理需求没有得到满足，他的生活永远都是畸形的，自然更多的是危害社会，而不是造福社会。是不是基本需求满足了人就什么也不干了，整天混吃等死？回答当然是否定的。生活的目标越往上越难实现，同时实现以后的满足感和成就感也就越强。"吃饭是为了活着，但活着不是为了吃饭"！如果社会条件允许没有那个人不想完成生命的最高层次。这也就是为什么<u>威克特们</u>能够永远地、不知疲倦地工作却乐此不疲。相反，如果社会条件不允许，人们的自我实现就很难做到。如果一味地强求，其结果轻则是头破血流，重则性命不保。屈原、陶渊明、李白、杜甫、韩愈、苏轼、关汉卿、宋濂、龚自珍……他们的痛苦经历无不说明了这一点。最典型的当数白居易和元稹的对比。他们的年龄相仿，才能相近，经历相似，结果却不同。为什么？因为元稹醉心于仕途，一心要做宰相，实现自己的理想。他为此生活上委曲求全，结果刚当上一年宰相，就因改朝换代而被拿下了，郁郁而终。反观白居易，早早就结束了官宦生涯，一心做起了文坛盟主，落得逍遥自在。这也就是老爸为什么会有现在的生活方式。<u>非所愿，实不得已而为之！</u> 这也更是老爸竭尽所能送你出去多见识的原因。

还记得老爸给你写的那首诗的最后一句吗？"苍穹一望足一世，白发青山绿水间。"这是我最得意的一句。一个白发老人在山水之间徜徉，累了，往天空一望，虽不知自己的小鹰在何处，但知道它能在天空中尽情地翱翔，捋一捋胡子，微微一笑，这也就够了。这也是我心目中生活在两个不同的社会的人的最好结果。更加上由白、青、绿三个色彩词构成了一幅色彩丰富的画卷，很美！

昨天参加美军海军陆战队（marinecorps）成立239周年庆典，真是很震撼。这在沈阳是第一次，但我感觉只要在有海军陆战队的地方就会有这样的庆典。精美的军服、感人的宣传片、庄严的仪式、最后的共舞迪斯科都让你感到生活在这样的群体里是光荣而自豪的，甚至牺牲生命也在所不惜。尤其是用战刀切蛋糕，设计得真是绝了！这种强烈的对比让每个人在欢乐的气氛中都不会忘却自己的使命。550元钱，值！超值！

前天是你十八岁生日，真的是可圈可点，可贺可期！圈点的是你色彩斑斓、无怨无悔的少年；可期的是你必将走向光明，实现自我的成年。在我看来，如果过生日，十八岁和六十岁是最值得庆贺的，他们都有着划时代的意义。一个是宣布少年的结束，成年的开始；另一个是看儿孙绕膝，从此安享晚年。所以老爸提前一个多月就构思那首《贺吾儿十八岁生日并与诸同道共勉》，并请元飞写成精美的书法作品，就是想在你生命里最值得纪念的日子献上我最好的生日礼物！

早岁已历世事坚，
重洋远渡气如山。
寒室温情沈城北，
福音喜雨林奇南。
壮美麦峰当自许，
万里路遥着先鞭。
苍穹一望足一世，
白发青山绿水间。

想不出比这更好的结尾了。
祝健康、快乐！

老爸

2014.11.16

参观博物馆

也无风雨也无晴

这是我对我人生态度的目标。当一切过后,转身看看,一切都归于平淡。但在平淡中也能体会到喜怒哀乐。

20141117　轩 to 老爸

亲爱的老爸:

近来可好?总觉得这是一个常用的开头,但却从未用过。看了你的信之后,我觉得你的这个月充满了巧合和偶然。就像你说的:"如果说必然性保证了生活的稳定,偶然性则为生活添加了不同的色彩。两者一起构成了一幅或悲或喜、或明或暗的生活画卷。"这句话实在是精彩。你的新职位很让我惊讶,听到这个消息后,我在地上足足愣了 10 分钟,心中想:"这可好,这是想一下退到底呀!"和威克特先生说了之后,他也惊讶得半天说不出来话,最后只能以他"热爱自己的工作"为理由来安慰自己。你和我分享的那个需求层次论,我觉得这种强烈的差异解释得非常透彻。可见老爸你在这封信上所下的功夫。你这两个生活的调味剂让我不禁想到苏轼在《前赤壁赋》里说的:"苟非吾之所有,虽一毫而莫取。惟江上之清风,与山间之明月,耳得之而为声,目遇之而成色,取之不尽,用之不竭,是造物者之无尽藏也。"这是苏轼在宋神宗元丰五年所写,当时他也就顶多比你小两岁。当年的他被贬黄州,我认为这首赋也是他对自己的一种心理安慰,一种解脱。可是你现在追求的确恰恰就是"江上之清风,与山间之明月"这份情怀,这份对生活的感悟,儿子我实在是佩服佩服。但是儿子我觉得,一味地追求是不会有好效果的,就像有些好事儿,来得突然,但是带来的惊喜却是无穷的。一切随缘即好。没准哪天当你无意中抬头望天的时候,那一轮美轮美奂的明月就在天上默默地向大地泼洒月光,这种惊喜不也是极好的吗?

天气已经渐渐转凉,学姐学妹们傲人的身材也已经被外套遮住了。在这充满着收获和男同胞们叹息的季节里,我已经十八了。说实话,在我很小的时候,我就曾经猜想过我十八岁的时候会是什么样。但是当年那流着鼻涕、咬着铅笔头的小家伙儿怎么也没想到十八岁的他会在国外。就像你说的十八岁是一个宣布少年的结束、成年的开始的年龄。那么什么算是成年的开始呢?我觉得是肩膀上的担子,也就是责任。从前天开始我就要对我所做的一切,无论是好是坏都要负责到底,这是一种代价。当我其他的同学在祝贺我以后能够开车、喝酒、吸烟(当然是开玩笑),能真正体验人生乐趣的时候,我在心中却暗暗地为自己敲响了警钟。少年轻狂的日子已经过去,那充满着机遇、诱惑、金钱、残酷、惊喜的世界正在为我张开怀抱。我不得不时刻提醒着自己:在享受的同时,也会有代价随之而来!当我看到你给我写的诗的时候,我的眼眶已经湿润。我的学识肯定没有老爸你的高,但是我能在字里行间中读出你对我的关怀,对我的期待,对我的慈爱,对我的鼓励,这真的是最好的生日礼物。

这个月不仅我过生日了,十一月三号也是威克特先生的六十大寿,这也是你说的另一个重要的生日。每年的惯例,就是问他今年学到最重要的一点是什么?他的回答让我十分惊讶。他说:"是如何维持婚姻。"我当时十分的不解,按理来说,威克特先生子孙满堂,夫妻生活极为融洽,毕竟两人已经结婚三十五年。要是说不会维持婚姻,那么真的是打死我也不信。可问题偏偏就出在这,在这长达三十五年的婚姻中他觉得自己是一家之主,所以任何决定只要他点头就可以了。这个误区导致了在我美国妈妈的心中留下了很多暗伤,随着时间的推移,这些暗伤越积越多,越来越压制不住,终于在去年都爆发了。去年可以说是他最辛苦的一年,各种大吵小吵。我很深刻地记得,他那时在送我上学的路上不止一次地跟我半开玩笑地说:"看到我今天吵架了吗?最多四十年后你也会这样,不过没关系,我已经让你提前练习了。"当时我的心中有些不解,婚姻是开始难维持,还是越到晚期越难维持呢?在《哥林多前书》第十三章第四节至第七节说:"首先,爱是恒久忍耐,又有恩慈。恒久忍耐就是在受到挑衅时仍坚忍下去。恩慈就是积极的善,努力缔造别人的利益。爱是不嫉妒别人,却因别人的尊荣而高兴。爱是不自夸,不张狂。爱心知道所拥有的一切都是神所赐的,而人完全没有条件骄傲。甚至连圣灵的恩赐,都是神全权决定如何分配的。所以,不管所得的恩赐是何等引人注目,也不会骄傲,或不可一世。爱是不做害羞的事。如果一个人真正凭爱心行事，他会是个有礼和体恤别人的人。爱是不会自私地求自己的益处，而是关心可以怎样帮助别人。爱是不轻易发怒，而是愿意忍受别人的轻视和侮辱。爱是不计算人的恶，即是不会断定别人动机不善，不去怀疑别人的行动。爱是没有狡诈的。爱是不喜欢不义，只喜欢真理。人的本性中有些卑鄙的倾向，就是喜欢不义的事，尤其是不义的行为能为自己带来好处。这却不是爱的精神。爱只喜欢真理的胜利凡事包容的意思，可以指爱是凡事以忍耐面对，或是指爱将别人犯的错失收藏或隐蔽起来。爱不会毫无必要地将别人的过失公开，纵然在必要时会很坚定地对犯事的人施行合神心意的惩罚。爱是凡事相信，即是对别人的行动和事情尽量做出最善意的解释。爱是凡事盼望，即热切地期望一切事最终会有最好结果。爱是凡事忍耐，即忍受逼迫或恶待。"这一段我反反复复读了很多次，不知老爸对维持婚姻问题方面有什么见解？

上回我的问题你还没有回答。问题是"家人会永远地在你身边，但是朋友终有一天会离你而去"，你觉得这句话正确吗？

儿子没有老爸那功底，不能自己作诗，只能借花献佛。最后想以一首苏轼的《定风波》来结尾，想把词中这种"搏击风雨、笑傲人生的轻松、喜悦和豪迈之情"作为一种给自己的激励，也是祝老爸在以后的生活中能有这种豪迈、潇洒、乐观的生活态度相伴您的左右，当然儿子我也永远会在您的身边。

莫听穿林打叶声，何妨吟啸且徐行。竹杖芒鞋轻胜马，谁怕，一蓑烟雨任平生。料峭春风吹酒醒，微冷，山头斜照却相迎。回首向来萧瑟处，归去，也无风雨也无晴。

哈哈哈！好一个也无风雨也无晴！
祝老爸身体健康、万事如意、笑傲群雄、潇洒人生！

轩儿
2014.11.17 星期一

爱是恒久忍耐，又有恩慈

> 成人应该有两个标志：一是能够在听取各方意见的同时做出正确的判断，并对自己的行为负责；二是能够自己养活自己，并在此基础上回馈关心过你的人，以至整个社会。本着关心别人从关心身边人做起的原则，要求他定期问候我，但他做得……还是看信吧。

20141117　老爸to轩

轩儿：

你好！

今天是12月12日，即俗称的丙子双十二，1936年（78年前）的今天发生了震惊中外的西安事变，改变了当时的政局，更改变了以后直至现在所有中国人的命运。但历史永无假设，能对未来有所启示就是它的最大功效了！看到你读我的信时落泪，我真的是很感动。你真的是长大了，越来越理解老爸的一片苦心了。随着孩子的长大、懂事儿，吸收的新知识越来越多，家长的话能起到的作用也就越来越小了。所以亲子教育都是起于说教终于理解。理解万岁！

这个月里发生很多事情，事业的、感情的……不知从何谈起。

我从这周开始正式学钢琴了。你知道我一直以不懂音乐为憾事，我不想把这个憾事留到退休后。人生一世，要抓紧时间把遗憾变成欣喜。我更希望你行动起来，别把遗憾留到五十岁。

时间都是因为有了人类以后才有的，远古的时候人们一定不会有什么少年、成年之分。时间的最大作用就是提醒人们逝去的永不回头，并让人们学会珍惜当下。而一个个生日除了带给人们喜庆的气氛外，更多的是提醒我们总结一下过去，展望一下未来，尤其是十八岁、三十岁……这样的生日。成人应该有两个标志：<u>一是能</u>

够在听取各方意见的同时做出正确的判断，并对自己的行为负责；二是能够自己养活自己，并在此基础上回馈关心过你的人，以至整个社会。所以从十八岁到你工作挣钱是成人的第一阶段。读了这封信我发现你的是非观非常鲜明，这是你不断地开阔视野，不断地自我思考的结果。所以，老爸对你成人的第一阶段充满了信心。人生是个渐变的过程，每一天过好了，每一月就过好了；每一月过好了，每一年就过好了……天道酬勤是永恒不变的真理。而对于得冠军、中大奖……只应抱着"得之我幸，不得我命"的态度，未来才不至于失落。

你选的这段话我读了好几遍，觉得它非常适合做座右铭！一个常人就是穷其一生也很难做到这些。就是在读你的这封信之前我还刚对我的朋友发过火。对于这样的人生最高境界我的态度一直抱着"高山仰止，景行行止，虽不能至，心向往之"的态度，既尽力而学，又不过于强迫自己。

我感觉成功的婚姻首先要基础牢固，其次是有着共同的情趣和爱好。前者是基础，后者可以慢慢培养。换句话也可以这么说：有了前者，后者可以慢慢培养；没有前者，后者几乎培养不出来。什么算基础好呢？我的理解，也是我经常和你说的，1. 门当户对；2. 能吃到一起去。可是你设计得再好也没有在恋爱中不存在问题的。但如果两人情投意合，就是一起解决问题也是共同进步，更是一种快乐。"要想知道梨子的滋味，你就要亲口尝尝。"所以只有在恋爱中才能学会恋爱。这也是老爸为什么要求你至少谈五次恋爱的原因。

探究威克特夫人的那句话是跨文化交流的很好范例。严格意义上说没有人会永远和你在一起，包括家人和朋友。这就如同是 perfect（完美）一样，永远是镜花水月。我感觉以威克特夫人的学养是不会认识不到的，只是没有说完。希望你能同她做深入的探讨。"深究悉讨"对跨文化学习尤为重要。我们以前总是翻译半句话（也许是有意而为之），其结果是害苦了几代人。最典型的就是爱迪生的那句：我的成功是 99% 的勤奋加 1% 的天才。害得适合、不适合读书的人都拼命苦读，产生了一个个死读书的悲剧。后来才知道爱迪生还有后半句，就是：我的 99% 的勤奋来源于我 1% 的天才。就是说爱好是最重要的。只有爱好才能发自内心地苦读，才能产生乐此不疲的效果。希望你在跨文化交流上能以此为戒。抓紧时间同威克特夫人交流，把结果告诉我，因为我也很感兴趣。

你成年了也是提醒老爸，以后的教育一定是探讨式的，而非强迫执行。我只是说出我的观点和想法，最后如何去做由你自己决定。而且以后老爸也不会轻易给你打电话"骚扰"你了。但希望你有事情的时候能首先想到和我商量。<u>从此你应该定期主动问候老爸了！</u> SAT 的成绩没有及时告诉我，提出批评！接受吗？

代我向你的小朋友问好！也可以把我的信给她读一读，这样会增进你们之间的了解。

前两天去超市买东西，听着那温馨、熟悉的圣诞歌曲，突然感到圣诞就要来了，2014 就要过去了。时间以它永恒的、一维的流逝把我的这封信催成了我 2014 的最后一封信。让我们一起对 2014 说再见吧！用我们共同的热情和激情呼唤：欢迎你，2015！

提前祝圣诞快乐！

老爸
2014.11.17
2014.12.12 续

参观博物馆

寄　语

点滴见精神

谢辽洪

　　没出过国，很难想象一个初中孩子在国外是怎样学习生活的，透过小轩的字里行间，赫然映入我脑海里的是小轩太出息了，在国外的日子里开阔了眼界，增长了见识，得到了锻炼，由一个不谙世事的少年成为通往成功彼岸的风华正茂的大学生。生活在国内城市里的孩子，只能通过从书本里得到知识和做人的道理，很少有家长设身处地地为孩子营造一个接受熏陶的环境，刻意为他们创造提升的机会，让孩子们亲力亲为参与到劳动实践中去，亲身体会劳动的艰辛，劳动果实来之不易，"饿其体肤，空乏其心……"国外的家庭就很注重对孩子自立能力的培养，让孩子设身处地地深入到生活中去，锻炼健康的体魄，磨炼坚强的意志，培养感恩的心灵。从父子俩鱼雁往返过程中，我们看到了小轩爸爸能针对小轩来信中的每个细节给予指正。比如，"这封信叙事具体、说理透彻，一看就知道用心了。相信老爸，长此坚持下去你会发现无论你的英文表达，还是中文的表达都会达到一个让人钦佩的程度。"既有温而不愠的引导，也有"及时当勉励"，难怪从小轩的来信中我们还看到小轩的写作基本功更扎实了，通过信件直抒胸臆，随意发挥，比起国内应试教育填鸭式的写作教学来得直接，效果更佳，在国内绝对练不出如此流畅的文笔的，国内的孩子都是被老师和家长驱使着写作文啊，写日记啊，目的不明确，往往写出的东西大都空洞无物，缺少真情实感，都是作文选上的模式：拘谨的开篇结尾布局谋篇、拘泥的视野范畴，没有小轩写的文字洒脱干练，清新悦目，真实感人，这是国内孩子望尘莫及的。

通过小轩写给爸爸的信，我们看到了在国外求知的孩子的学习生活、成长点滴，信中提及的很多都是自己生活中遇到的新鲜事、困惑事、有感触的事，让我们耳目一新。让我感受到他在国外的学习生活很真实很真切，信手拈来，娓娓道来，如果不是他自己用心品味过，咀嚼过，抽象过，是不会那么记忆犹新的，只有他真实地付出了，刻骨铭心了，才能事隔那么久远了，还能跃然纸上，给我们身临其境的感觉。小轩的国外生活是愉快的，收获颇丰的，正如老舍先生所言："有喜有忧，有笑有泪……"身在异国他乡的孩子，能融入发达国家设置的校园生活、家庭生活中去，既要注重学习，还要适应美国的家庭生活，谈何容易，一方面小轩具备极强的适应力，另一方面也与他的爸爸素日里给予他的谆谆教导，培养起来的自信心密切相关。

培养一个"从优秀到卓越"，身心健康发展的孩子不是一朝一夕的事，是个旷日持久的浩瀚工程。从于哥给孩子每一次认真的回信可以看出，于哥对于孩子的教育是循循善诱的，有针对性、洋溢着浓浓的父爱的。每次回信内容紧凑，短小精悍。每封信，于哥都能找准教育孩子的切入点、点拨点，就像打蛇打七寸一样，实时给孩子一些善意的引导，严在当严处，爱在细微中，循序渐进，知微见著，及时巩固住孩子还不稳定的生活情趣、情绪习惯、思想波动，让孩子这些综合因素稳定住，成为一种好习惯。比如说，针对孩子来信汇报在威克特先生家干农活的情绪波动：一是写信时间紧，二是农活脏而累。于哥就能针对儿子存在的问题，丝丝入扣地帮助分析，很明确地告诫儿子"诚信"的重要性，"合理"安排时间的重要性，"勤劳"的传统美德的重要性。这种及时的后续教育能帮助孩子克服思想波动，巩固住孩子心灵深处积攒的好习惯，是剂行之有效的良药，也是及时雨，大爱不言，润物无声，事半功倍。针对孩子意志薄弱的特点，用自己对人生的感悟——"成功的人一定是一个有决心、有毅力、有方法的人"；"成功人士做事有两个显著的优点：一是有计划；二是重信誉，也就是我们常说的言必信，行必果"——定格住孩子还不够成熟的思想。让孩子固定个时间给他写信，总结自己的见闻、收获、得失，与父亲交流，得到父亲的认可，赏识，扶持，帮助，修正，提高，使之逐渐成为一种习惯，培养一种美德，养成一颗感恩的心，朝着高尚、成功的方向发展，使父子俩的交流更加流畅、默契，父子俩的感情得到升华，形同莫逆，形同知己，形同朋友，难能可贵，这也让我们还处于教育孩子彷徨、踟蹰，甚至手足无措阶段的家长们难望其项背，感到汗颜。我们既羡慕小轩有这样博闻强记、心胸开阔、循循善诱、教子有方的好爸爸，也感叹小轩出国短短几年就有了突飞猛进的变化，让我们刮目相看。在未来的日子里，我们祝愿小轩再接再厉，学业有成，为国争光；祝福于哥宝刀不老，永葆青春，续写辉煌，愿我们的友谊地久天长！

不一样的礼物

谁说没有礼物的圣诞节就不是传统的圣诞节了?好吧,这可能是我之前的想法。但是当我看到家人围绕我的时候,突然领悟到了圣诞节的精髓,用一句很老的广告语来说就是:"大家好,才是真的好。"

20141221　　轩to老爸

亲爱的老爸:

还有四天就是美国的春节——圣诞节。我还记得去年圣诞节的时候我的信是关于圣诞节的由来和传统。转眼间一年又过去,你说"时间都是因为有了人类以后才有的",这句话我不是非常的同意。光明、黑暗和时间这是造物主在第一天创造的。也许人类意识到了时间,把时间转换为了秒、分、时、日、月、年。但是时间是推动也是构成整个世界的最基本的元素之一,随着时间的流逝,人也在改变。

说到改变就不得不提一下今年威克特先生家的圣诞节。如你所知,圣诞节的"精髓"就是礼物。无论是小孩还是大人,都借耶稣诞生的光来给自己添置一两件新衣服或者一个面包机。一家人坐在火炉旁,围着圣诞树拆礼物,这是圣诞节独有的魅力。虽说我去年得到的是一双袜子,但是蚊子再小也是肉呀。可是今年的威克特一家却不走寻常路。就在我正磨刀霍霍地准备冲向林村(林奇堡,我在美国生活的城市)各大商场买礼物的时候,一道晴天霹雳把我的热情一下子就给劈没了。美国妈妈对我说:"今年大家经济上都比较紧张,然后呢,我们也没有什么精力来把家族成员都请到我们家里来过年,所以今年就没有互送礼物这个环节了。"圣诞节的精髓呢!说好的互送礼物呢!我还指着别人给我送的鼠标呢!我的心就像被猪拱过的苞米地一样。心中想了想,起码还有圣诞树可以装饰。结果残酷的现实又在我的脸上结结实实地来了一记横扫千军。威克特先生告诉我今年妈妈嫌树收拾起来太麻烦,善后也费劲，就把家外面的一棵常青树缠两圈灯当圣诞树了。圣诞节的标志呢！圣诞节的传统呢！圣诞老公公都会落泪的！就在我的圣诞节幻想化为泡沫的时候，我读到了你的信，信上一句被红色标记的话：<u>二是能够自己养活自己，并在此基础上回馈关心过你的人，以至整个社会。</u>这句话提醒了我，礼物只是对他人关心、他人爱的一种回馈或者是一种表达方式。但是什么礼物又能和他人对你的爱和关心相比较呢？答案当然是毋庸置疑的。当一个人衷心地说出对你的感激之情的时候，礼物还重要吗？之后威克特先生又说他的父母周二晚上会过来和我们一起过圣诞节。威克特先生脸上透着激动和忧伤。因为威克特先生的妈妈得了狼疮，情况不是特别的好。威克特先生说："这没准可能是最后一个能一起度过的圣诞节了。"说实话，这种子欲养而亲不待的感觉我理解得不是很深刻。但是我知道这种想和家人一起度过一年中最重要一天的心情，我曾经不止一次在新年的时候梦想着回国过年，梦想着吃着姥姥做的小鸡炖蘑菇、酸菜炖排骨，在外面用烟点鞭炮，在家里和你打牌，一家人一边看着春晚一边吃着韭菜鸡蛋馅的饺子。我知道这种感受，所以我对威克特先生提议，虽然我们今年不用送礼，但是每个人都应该为那些没有家人陪伴的人做些什么。比如，可以去敬老院做一顿饭或者给流浪的人一盒火鸡。我的提议得到了大家的一致赞成。虽然今年大家坐在火炉旁，围着地毯，也没有礼物，但是身旁坐着你关心的和关心你的人，大家一起分享为他人传递的关心。这何尝不是圣诞节的精髓呢？

  还有六天就可以见到老爸，可以和亲爹一起过圣诞节，这也是一个意外之喜！非常期待新西兰之旅！

祝老爸身体健康、万事如意！我们新西兰见！

轩儿
2014.12.21 星期日

圣诞树

2015年

这是2015年的第一封信，转眼看看三年前的第一封信，真的是发生了许多许多变化。就像我常对其他人说的一样："上天对每个人都有计划，这个计划对于你个人来说或好或坏，但是我们往往能从这个或好或坏的计划中学到些什么。"

和友人的孩子

奔跑吧，吃货！

作为一名吃货，新西兰羊排对于我的诱惑绝对比新西兰风景要大。在去新西兰和老爸会合的路上遇到了无数阻拦和困难，但是这些困难更凸显了和亲人在异国相遇的不易。我也更加珍惜此次新西兰之旅。

20150104　　轩 to 老爸

亲爱的老爸：

　　这是 2015 年的第一封信，转眼看看三年前的第一封信，真的是发生了许多许多变化。如果用一句话来总结到目前为止的今年那就是"万事开头难"。短短的一个月里发生了不少事，虽然这一个月发生了许多许多的事情，但是这一个月可以说是我度过最新鲜最有意义的一个月了。就像我常对其他人说的一样："上天对每个人都有计划，这个计划对于你个人来说或好或坏，但是我们往往能从这个或好或坏的计划中学到些什么。"

　　在女朋友的事上我也学到了很多，威克特先生和你也和我分享了很多。我也确实是如梦初醒。但是威克特先生并没有说想让我从这段感情中退出来，他只是说让我不急不慢地对待这段感情，我也是听从了他的建议。在减肥一事上，我和我的女朋友一起认真监督对方，互相鼓励，互相支持，也是逐渐看到了成效。希望我也能再接再厉，提前达成目标，因为我要有时间办签证和买机票。

　　让我印象最深的还是新西兰之旅，应该说这次旅行让我充分地体会到了"人类和上帝的合作"。提起这次旅行就不得不说往返的航班，我这回可是经历了千辛万苦才从美国飞到了新西兰，不曾想到回来的路上也出了问题。我赤足狂奔横穿了整个洛杉矶机场，回头想想这也是不可多得的经历。和其他人分享我的经历的时候，他们都捂着嘴或者一脸惊恐的表情。可是作为当事人的我却觉得这是一次非常有意思、非常让人捧腹的旅行，而且这也是一次非常宝贵的经验。上天虽然和我开了一个玩笑，让我的航班延迟的延迟，出错的出错，索性没有让我的航班出故障……但是就像我说的我从这个不算好笑，让我吃尽苦头的玩笑中学到一个很重要的……态度吧！那就是：尽管做出了万全的准备，该出错的还是会出错。但是只要能保持一颗冷静、乐观、淡然的心，出错的事也能变为好事。大道五十，天衍四九，人遁其一。在坏得不能再坏的情况下，只要能有平和的心态也会找出一线生机。这种谋事在人、成事在天，尽人事听天命的旅行又何尝不是一次人类和上天的合作呢？在闹剧般的赶路后便是激动人心的新西兰之旅，此次旅行真的是非常的完美。人类在上天杰作的基础上又添加了自己的创新。比如说，那依海而建的公园，那是人工和大自然的完美结合。那绵羊遍地的公园，不得不说是人类和自然的结合。不仅仅是自然景观，我们吃着上天创造的物种，在人类独有的烹饪技术下又把原有的美味提升了一个高度。散步也是如此，站在青葱的草地上，闻着清爽的海风，看着远处的美景，在这基础上人类充分运用了智慧来将运动和美景完美地结合在了一起。人类和上帝的合作可远远不止这些，我们每个人也是"人类和上天的合作"。上天赐予了我们每个人的本性，在父母（人类）的教育下我们慢慢成长，慢慢形成我们自己的世界观，但是在我们的人生道路上会发生偏差，这些偏差却是父母帮助不到的，那么上天就会指引我们到达正确的道路上。每一个人都是这样，在我们生活的世界里，从一草一木到世间百态都是人类和上天的合作。到了新西兰之后这种感受让我愈发深刻。要是让我用一句话来总结此次新西兰之旅那就是："尝美酒，尝羊肉，尝奶酪，尝鲜鱼，尝到的却是上天的伟大和与亲人的温暖。"一神一人就像一杯酒和一块肉，完美结合，回味无穷。不虚此行，不虚此行呀！

祝老爸身体健康、万事如意！

轩儿

2015.01.04

感情和事业应该是人生的两大主线

> 孩子的经历再次说明了"行万里路胜过读万卷书"。可见只要你选择正确的方向，不断地努力，加上一定的运气，成功就是一个水到渠成的过程。

20150123　老爸to轩

轩儿：

你好！

这是老爸第一次没按时回信，虽然你没说什么，但我依然自责。实际上这封信我半个月前就打好草稿了，但家里没有网线、情感的纠结等拖着就愣是没打出来，真是惭愧！看了你的信倍感欣慰，总结为：信仰坚定、从容豁达、文字优美。"尝美酒，尝羊肉，尝奶酪，尝鲜鱼，尝到的却是上天的伟大和与亲人的温暖。"一神一人就像一杯酒和一块肉，完美结合，回味无穷。这段话看得老爸惊叹连连，已不是一般功力了。前两天，把你的信给一个重点学校初三的优秀毕业生看（她也即将赴澳留学），她惊呼：这是范文吗！可见只要你选择正确的方向，不断地努力，加上一定的运气，成功就是一个水到渠成的过程。

（以下是两周前写的）新西兰之行虽说历尽艰难，但最后终于完美收官真要感谢威克特先生在关键时刻的坚持（这来自西方人内心的强大和原则，乃西方精神精髓之精髓，一定要学到手）和神灵的护佑。此行我们收获了亲情、友情、美景、美酒、美食，尤其是吃到了你上封信谈到的酸菜排骨、三鲜馅饺子，可说是不虚此行。你在众人面前展示的对西方文化的了解，从容自信，都令老爸感动。还记得第一晚老爸不自觉地流泪吗？就如同登山者到达山顶，耕耘者面对收获，努力者面对成功，可说是喜极而泣！

但过去再完美毕竟是过去了，"青山遮不住，毕竟东流去"。我们还要面对新的问题、新的矛盾，同时还要取得新的经验、新的进步。几天前和你进行了一次近年来少有的激烈谈话。开始也想心平气和同你讲，但觉得那样不足以点醒你起到振聋发聩的效果。原因是你正式进入了一个新的领域———情感领域。我必须点醒你让你不至于犯更大的错误。

1. 还是坚持尽量和有共同语言的同学相处，尤其是女朋友。

2. <u>找女朋友是发现一个人，而不是培养一个人！</u>十八岁以前的出身和教育已经是固定的了，所以她是个什么人也就基本上固定了。抱着改变对方使之与你同步的观点，其结果只能是两败俱伤。

如果你同意我的这两条标准，你现在的女朋友显然不适合做你的终身伴侣。这是我个人的认识，可能不全面，但我毕竟比你年长很多，应该能看到问题的本质。你若一下子认识不到，可慢慢来，毕竟离结婚的时间还很远。

感情和事业应该是人生的两大主线，要处理好这些问题是很不容易的，需要不断地实践、总结，再实践、再总结，最后才能求得圆满的结果。这是一个漫长的、有时又很痛苦的过程，万望你有个思想准备。这中间经过一些挫折、痛苦，甚至是痛不欲生都是正常的。唯其如此，你的感情才能不断升华，越来越认清什么人适合你。

以你的见识、学养，尤其加上智者的指引，老爸对你能够成功翻越感情道路上的一道道山峰，最后找到最适合自己的终身伴侣充满信心。努力吧，孩子！

祝

健康、快乐！

老爸
2015.01.23

<u>"2015年一月四号写"这个不对！</u>或 2015-1-23 或 二〇一五年一月四日，细节见功力。

在家的后院进行实弹射击训练

做人的眼界要远，心胸要宽

> 孩子此时正在交女朋友，很忙，和我的交流自然就少了。这封信主要是提醒他要和我多交流。关键是这个女朋友我不是很同意，又不知如何说起。

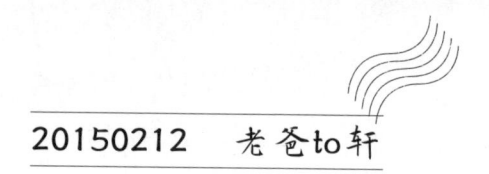

20150212　老爸to轩

轩儿：

你好！

昨天是小年，春节马上就要到了。也应该是你们这些海外学子最想家的时候。虽然这么多年你已经适应了，但仍会有些淡淡的乡愁。其实，对于我们来说"年"这个中国传统节日已经越来越无聊了。因为它完全是个物质的节日，两大主题：1. 吃；2. 团聚。吃，早已不是问题；团聚可以每周、每月一次，最起码不用一年一两次。所谓年，最大的意义就是能休息几天。我准备和你W叔叔他们去杭州。不知你想怎么度过这个春节？

你一天天地长大，我们的交流也越来越少了，自然能有的放矢地指导你就更是不可能了。这也是人之常情，而且，慢慢地我从你身上学到的东西会越来越多。还望你不吝赐教呦！我只能把我的一些感悟写给你，希望对你有所启迪。

M的父亲心脏不好，我初步诊断是心理疾病。我去医大一院，找了H。他非常热情，很快就治好了M的父亲。你知道老爸也不是差事儿的人，年前特意去拜望。他说：老于，你和我不用客气，我们当年都没少吃你做的饭！这句话让我很感动。现在，我就是请他吃八顿饭他也不一定会记得。可当年，他刚毕业，挣得不多，估计请他吃饭的也不多，所以他才能记住。我们做人一定要多做雪中送炭的事儿，这样人家才会感动，才会记得你的好！在此基础上若能做到"烧冷灶"（即在一个人困难的时候，甚至是遭受打击的时候去帮助他）那就更好了。"诗家清景在新春，绿柳才黄半未匀。若待上林花似锦,出门俱是看花人"讲的就是这个意思。但要做到这点很不易,需要做人的眼界要远,心胸要宽。锦上添花的事儿到场即可,因为去的人太多。

前两天××(你可能不认识,就是你奶奶病逝前一直陪护她的护工。由于很专业、很认真,你奶奶死后的衣服都是她帮穿的。她是孤儿,我说:你就认我做叔叔吧!)给我发个短信,说:叔,你能不能借我6000元钱,我三月底还你。我一看挺生气,为什么向我借钱?!我又不差你事儿。等了两天她再没催我。这时我应该怎么做?做到什么程度?为什么?为什么要等两天才做?这个希望你在下封信中回答我。再和你分享我的心得。

最近的生活如何?有没有什么烦恼?减肥进行得如何?我的美国之行能否成行?等等,一切都在念中,希望你能和我谈谈。

提前祝

新春快乐!羊年,羊羊(扬扬)得意!并向威克特全家转达新春问候!

老爸

2015.02.12

小 年

当我读到这封信的时候,从字里行间体会到了老爸对我的关心,也意识到近期和老爸交流的不足。

新年我掌勺

> 在我写这封信的时候,我的心情其实很低落,感觉很心酸。自己一人在外四年,难免会怀念在家里过年的时候。当自己做年夜饭的时候才发现,一切都是如此的不易。

20150221　轩 to 老爸

亲爱的老爸:

　　近来可好?你回信中说这个月我们的交流不是特别的多,我也确实有同感。减肥都按照计划进行,有时会有一些反弹,但大体趋势都在下降,所以期待你五月末能来到美国参加我的毕业典礼。和女朋友处得也是很好。威克特先生找我谈话的次数也是减少了很多。现在基本不怎么找我谈话了。每当我和女朋友去威克特先生家做饭的时候威克特夫妇都会很兴奋地和我们一起做饭,一起吃饭。在这短短的一个月,我和威克特一家人还有我的朋友过了一个难忘的美国春节。

　　二月份是最短的一个月份,但是讽刺的是,在这短短的 28 天当中却有最重要的日子。作为一个中国人,最重要的节日就是春节了。在我的记忆里,春节往往在姥姥剁馅的响声中开始。带有米老鼠的新衣服,大人们给我红包,我笑嘻嘻地把红包攥在手里,但是还没捂热就被老娘给拿走了。你带我去卖烟花的小铺子,我总是挑魔术弹、穿天猴这些酷酷的烟花,而你则笑眯眯地挑了两挂五百响的鞭炮。回到家,姥姥就已经和好馅了。大家一起洗手包饺子。你每次都嘲笑别人的饺子,每每馅漏出来了你都会说:"这是东北大馅饺子!"在春晚这个传统背景音乐下,大家一起吃着年夜饭,评论着春晚,皮冻、小鸡炖蘑菇、红烧鱼、酱猪蹄,我总是吃得不亦乐乎。夜幕降临后就是放烟花,我拿着一根香烟把烟花点着,然后跑得比兔子都快。

　　但是自从我来到美国后,春节的感觉就渐渐离我而去了。烟花没有了,年夜饭也只是普通的晚饭。春节在我心中的地位也渐渐被圣诞节和感恩节所取代了。在春节的两周前，我就和几个朋友一起计划今年的春节，最后我决定，这是我作为高中生最后的一个春节了，要办就要办好。我们几个买材料的买材料，看菜谱的看菜谱，化妆的化妆，跑腿的跑腿。在春节的前一晚，我和威克特夫妇说明天我们要一起包饺子。他们很惊讶但更多的是兴奋。第二天早上一大早我就去买材料，光超市我就跑了三家。回家后我负责剁馅，同学负责洗菜、切菜。我负责的是小鸡炖蘑菇和牛肉胡萝卜馅饺子。我自己和了面，但是为防万一，我也去亚洲超市买了饺子皮。和馅真是力气活儿，我整个胳膊都麻了，不停地在馅里加水，和了整整半个小时才好。我把鸡切成块，榛蘑泡上，回头看了看自己和的面：成功！我抬头看了看时间，就决定把皮先擀好，一个小时的不懈努力后，在我腰酸背痛当中，一百多个皮终于擀好了，我看还有些时间就把皮放在一边，去做小鸡炖蘑菇了。小鸡炖蘑菇做得十分成功。大家也陆陆续续从学校（我有几个朋友是大学生）、工作单位回来。正当大家洗好手，摩拳擦掌准备大展身手的时候，一个不幸的事情发生了——饺子皮都粘在一起了，我的心中很是失落，尽管我在皮中间撒了很多的面粉，但悲剧还是发生了。我们只好用买来的皮，包的过程中闹出了很多的笑话，威克特一家，怎么都掌握不好馅的多少和包褶的技术，所以他们就把馅放在中间，然后一对折就好了，我看着一盘盘奇形怪状、争奇斗艳、百花齐放的饺子哭笑不得。塞翁失马，焉知非福，在所有的饺子皮都用完之后，盆里还剩了很多的馅，我和的面就派上了用场，我们几个又做上了馅饼。出锅装盘之后，一桌年夜饭就做好了。大家一起吃着饭，聊着天，度过了一个忙碌而又难忘的美国春节。

晚饭后，我拖着疲惫的身体，回到了房间里，坐在床上回想着准备过程和各种"危机"，心里有遗憾，有思念，有喜悦，更多的是成就感和欣慰。

忽然看到椅子上一个红包静静地躺着，我怀着又惊又喜的心情打开了红包，里面有二十美元，在红包上还写着："新年快乐——爸爸，妈妈"。我笑了笑，抬头看了看指着数字"12"的时针分针，对自己说了一句"新年快乐"！

祝老爸，新春愉快、心想事成！在新的一年里身体健康、万事如意！

轩儿
2015.02.21

做人要外圆内方

教孩子做人的道理是父母最大的责任。孩子的这封信读得我也是泪水涟涟，一人在外真不容易，尤其是过年过节。我原本打算去美国参加孩子的高中毕业典礼，但未成行。

在家的后院进行实弹射击训练

逃过一劫

我在写这封信之前，我的一个朋友新买的车撞了，雪天路滑，他当时开得还有点快。但是幸亏人没事，却给我好好上了一课。

20150315　　轩 to 老爸

亲爱的老爸：

不知不觉又是一个月，你上回说把一个朋友说了一顿，我很感兴趣到底是为什么。前周你问了我一个问题，那就是应不应该借给陪护阿姨钱？说实话，我还并没有进行仔细地思考，脑海中就有了答案，那就是"应该给"。为什么说是应该给呢？你说得没错，你并不欠她什么，按理来说，你并不用借给她这个钱。但是我们的世界并不是所有事情都要按照道理来做，除了道理还有情理。你曾经给过我一幅字，不多，只有八个字，那就是"快乐，健康，读书，行善"，最后的一个"行善"恰恰就是我觉得你应该借给她钱的原因。你曾经说过："你如何关心别人，别人就会如何关心你。"还有："不经意间种下的一颗善意的种子，最后必定结的是善良的果实。"而且，我相信这个人以后会对你有很大的帮助，你让她照顾奶奶，甚至还让她照顾别人，从这就可以看出她是你的一大助力。退一万步来讲，就算她真的没有还给你，6000块钱对你来说，不会伤筋动骨，如果她是这样的人的话，那么就没有必要和她继续交往，更不用说把她介绍给W叔叔这类你为数不多的好朋友了。这对你的名声和你阅人的眼力都是一个巨大的损伤，6000元换这些，我觉得是一个非常划算的"买卖"。最后我意识到，我是从来不会向陌生人借钱，如果我缺钱了，首先我会问你、家人，其次是特别亲近的朋友，最后是普通朋友。这位阿姨向你借钱就表达了两个意思：1. 你在她心中地位很高。2. 她确实是急需用钱。锦上添花不如雪中送炭，这样的事情我想凭老爸的眼力不会看不出来。我从老爸你和我说的几个事情当中能猜到，她确实是个能干之人，你也很信任她，你还能将她介绍给别人就说明你对她很满意。综上所述，我认为这 6000 元，应该借！这是我个人的看法，不足之处还请老爸指出。好了，接下来让我谈谈这个月对我冲击力最大的一件事！

　　人是脆弱的，无论人类如何用工具来强化自己，人类永远都无法否认自身是脆弱的。记得小学时我自己骑车上学，这句话你对我说了好多遍："记住儿子，除了人，自行车是最脆弱的，连三轮车都不如，更不用说摩托车和轿车了。"时隔多年，我还记得这句嘱咐。当我拿到自己的驾照，坐在自己的车里，悠闲地开着车的时候，我就安全吗？答案是否定的！自行车事故不是大事，从来就没有听说"两辆自行车相撞三死一伤"的报道。但是汽车则不同，不出事则已，一出事要命。开车要比骑车还要小心！蜘蛛侠的叔叔在临死前曾经对蜘蛛侠说过：责任和力量是成正比的。当我们坐在车上时，我们不仅要为自己负责，也要为乘客和路上的行人、公物、设施负责。如果谁认为自己开个车就无忧无虑了，那么他就太傻了，毕竟那只是车并不是救护车。很不幸我有一个朋友就是这么的傻。在三月初的一个下午，我刚上完最后一节课，突然手机响了，低头一看是我朋友。这哥们儿刚买一辆 2015 款野马，马力十足，玩得不亦乐乎，怎么能有时间来找我呢？刚摁下接听键就听到一阵紧张急促的声音："你在哪儿？快来，我在×××，出事了！"我愣了一会儿，马上开车赶了过去。到了地方看到我朋友脸色煞白地坐在一辆面目全非的白色野马上的时候，我就知道到底出了什么事——玩脱了。野马左侧大灯全碎，右侧大灯半碎，雨刷液漏了，制冷液没了，散热器废了，后视镜碎了，门凹了。我拍了拍他说："玩大发了？"他没说话，但从他眼中惊慌的神色中不难找出答案。我又问："没事吧。"他摇了摇头。看到他惊魂未定的样子，我便闭口不言。等到警察来了后，将他请到了警车里，录了口供，给了他法庭的传票，把车拖走了。我朋友满脸懊悔地坐在我车里说："早知道就不该点这一脚油。"早知道？世界上哪有那么多早知道？当你对自己不负责的时候，那就做好上帝对你不负责的准备。种下什么因，就会结什么果。欧阳修在《伶官传序》里说过："满招损，谦受益。"如果太过沉迷于享受、好处，而忘记潜在的危害概率的话，那么这人一定会为他的行为付出代价。看着我朋友空洞的眼神的时候，我一直在想，人是脆弱的，因为脆弱所以小心，因为脆弱所以创新，因为脆弱所以超越，因为脆弱所以强大！但是如果一个人没有意识到自己的脆弱，那么这个人就是愚蠢的、愚昧的、无药可救的。

祝老爸身体健康、万事如意！

轩儿

2015.03.15

没有人不需要别人的关心。同时，为你付出越多的人越关注你

关心孩子的情感教育要大大超过关心他的学习成绩。因为各种专业知识早晚都要学，更是早晚都能会。但若是情感缺失，也就是说如果情商很低，那么在未来可能连起码的幸福都谈不上，更遑论成功了。

在国外给孩子买结实的车，也就是保安全，一定是第一位的。切记！切记！

温暖的弗吉尼亚林奇堡难得下雪，东北小伙子自然高兴

再坚强也需要关怀

老爸为我不按时间候把我狠狠地说了一顿，这其实是一封道歉信。写到最后眼泪不自觉地就流下来了。写出来之后才知道老爸对我的付出和不容易。

20150412　轩to老爸道歉信

亲爱的老爸：

我对我这段时间对你的"冷漠"感到深深的抱歉，这不是这个月的信，这只是一封道歉信。我觉得这件事有必要拿出来，单独写一封信。所以这个月的信件，我会在下周末给你发过去。

我记得我们还因为这个事谈论了很久，正确地来说应该是吵了很久。就像你说的一样，没有谁是欠我的，只有我关心他人，他人才会关心我。但是我对你的不关心，并不是冷漠。就在你说我的第二天，我很难过，我也很内疚，我无意中听到了一个故事。讲故事的人名叫托尼·罗伯森。他是有名的橄榄球教练、商人、教师。他帮助了无数人走出阴影，也帮助过无数人走向成功。我最近就在听他的教学。在节目中，他讲了一个故事，他自己的故事。故事是这样的，他当时也在说人与人关系的问题，他24岁的时候结的婚，当时他的妻子已经结婚两次了，有两个孩子。结婚之后二人又有了一个孩子，在结婚将近15年后，两人离婚了。离婚的原因并不是重点，重点是他孩子们的反应。他的孩子们总是在安慰他们的妈妈，总是和妈妈一起逛街、看电影、吃饭。偶尔和托尼出去钓个鱼，但是大部分时间都在陪着他们的妈妈。托尼很伤心也很不解，他也是受害者，他也有自己的感受，他也想让孩子们陪着他，但是有着丰富教育经验的他并没有一口气冲到孩子们的面前，质问他们。他把最大的儿子叫到海边去散步，他在散步的过程中问他的大儿子说："你们为什么只关心妈妈？有没有想到我的感受？"他的大儿子很惊讶地说："我们想到过你的感受，但是你是爸爸呀，你是托尼·罗伯森！你永远都是我们的守护者，在我们有困难的时候，永远都是你来帮助我们解决，在我们眼中你永远都是那么的坚强。"托尼眼睛湿润了，他说："但是我更是你们的爸爸，我也希望你们能够关心我呀。"就像托尼的孩子一样，我也是这样想的。他的孩子想法有错吗？有错，不论一个人再怎么坚强，也需要有人在旁边支持、鼓励，更不用说自己的亲人了。但是身为一个孩子往往都会忘记自己的父母是多么的脆弱。你是我爸，我一生中最崇拜的人。去年暑假你对我说这是不对的，但这并不能改变我对你的看法，我还记得幼儿园的时候你眼睛肿了来参加我的家长会（不知道记错没，但是肯定有印象）；我还记得上小学的时候你每周都按时来接我送我；我记得每个周末你都带我去省政府，拿个小桌在那儿复习，中午去食堂吃青椒炒豆皮；我还记得在车里我枕着你的膝盖睡觉；我更记得我腿骨折的时候，你天天来接我送我；我记得你给我的《新华字典》，在日本迪斯尼给我买的水枪，在香港给我买的玩具船；我一直都记得在北市场的小房子里飘荡的烤吐司的味道；我更忘不了你的红烧三文鱼头和米酒腐乳排骨。你永远都是那么的坚强，18年来我只看你哭过一次；你永远都是那么的睿智，18年来你对我的教导从未错过；你永远都是那么的博学，18年来你教会了我很多很多。18年来你为我操心，为我高兴，为我焦急，为我欣慰，为我努力，为我失望，你为我付出了很多很多。18年来你一直都是我的榜样，我的目标。我今天所拥有的一切都离不开你。但是作为儿子的我却连最起码的关心也没有做到。你的坚强和你的伟大，让我忘了你那渐渐发白的双鬓，你那不再挺拔的身姿，你那发酸的脖子和你脸上的皱纹。我忽略了你内心的感受。如果我连自己的父亲都不能关心到，那么我还能关心谁呢？答案是没有人。只有关心别人，才能从别人那里得到温暖。自己的亲人就更应该认真地照顾和关怀。而连为我付出这么多的老爸我也没有关心到，这是绝对不能容忍的！我深刻地意识到了自己的错误。就在昨天，××跟我说他不想让他爸妈陪他去参加空手道比赛，想和他的哥哥一起去。我问他为什么，他说他觉得他的父母一点也不酷，觉得他爸他妈会让他很难堪。我很严肃地对他说："父母给了你生命，给了你一切，你竟然说他们让你难堪？他们想在那里支持你，鼓励你，想陪伴你，你竟然还说他们一点也不酷？你不会明白当你取得成功而你父母却不在那里为你欢欣鼓舞的感受，你也永远都不会有那种感受。因为你的父母永远都会在你的身边默默地支持你。他们才是最酷的。"

××听了后愣了一会儿，说："你是对的，我错了，谢了兄弟，帮了我一个大忙。"我相信××从现在开始也会懂得关心他的父母吧！

最后还是要向我人生的导师，朋友，倾诉者，最重要的：我的老爸，说一声："对不起，老爸。"

轩儿

2015.04.12

> **无论一个人再怎么坚强，也需要有人在旁边支持、鼓励**
>
> 孩子关心别人是从关心亲人做起的，所以我要求他每周主动给我打个电话，但他总是忘，唯有狠狠教训一次了，并让他写了这封道歉信。原则问题上不能让步。

还没开始乐，就生悲了

都说乐极生悲，被大学录取是一件很高兴的事，可是我还没开始乐呢，就被撞了。经历了人生中第一次我在驾驶座上的车祸。我的吉普车直接报废了，要不是车大还结实，真的就有危险了。现在想想还很后怕。

20150419　　轩to老爸

亲爱的老爸：

不知不觉暑假就要来了，我也终于被利伯蒂大学录取了。说实话，被大学录取并没有想象中的欣喜若狂，也没有电视里的喜极而泣，觉得一切都是水到渠成，理所当然。虽然我知道大学的生活并不会轻松，但是我也相信在这并不轻松的大学生活中我也能找到只属于我的乐趣。

这个月可以称得上是一波未平一波又起的一个月，先是关心他人问题，又是车祸。关心他人的问题我们已经讨论过了，在这方面我还应该加强，就像你说的其他的朋友很难给我两次以上的改正机会。在看到你回信的最后一段的时候，我很心痛也很悲伤，我能体会到你字里行间里的悲愤和痛苦。但是我可以明确地告诉你，你有能力，你也并不是一事无成。我以前就和你讨论过你生日的事情。你总是觉得自己不重要，生日无所谓，这是不对的。上天把你创造出来并不是让你一事无成，而是让你为他的王国添砖加瓦，你是必不可缺的。也许你没有当一个很大的官，但是你用你的薪水帮助了很多人，把我送出了国。也许你没有那么大的影响力，但是我敢保证你影响了无数的人。我还记得我在底特律的时候马有才曾跟我说我很像你，我笑着回答当然了，我是你儿子，我不像你那我能像谁呀？他说："不是不是，你身上的气质很像你爸，就是那种让人特别愿意和你做朋友，让人特别亲近的一种气质。"你以我为豪，我又何尝不是以有你这样的一个老爸为傲呢！你给予他人的比你给予自己的要多得多。你更应该为自己而骄傲！

　　车祸说实话我并不是特别的想回忆。就在上个月的信里我还和你说起我朋友的一场车祸所给我带来的启发。没想到上天也泡我，这周就给我来了一场一般人一辈子都不一定能体会到的车祸。车祸的过程我就不详细地说了，在车祸发生的一瞬间，我整个脑袋都是空白的，我只是下意识地踩下刹车，打方向盘。撞了之后我只想着，让车停下来，我要出去。但是刹车已经失灵了，还好车的质量过硬，自动开始刹车。当车停下来的时候，我的后背已经被冷汗湿透了。我握着方向盘大口地喘着气，不论我如何告诉自己要冷静要冷静，我颤抖的双手总是告诉我内心的惊恐。跳出车子后，我的双腿发软。看到了车子的惨状后，我不禁庆幸当初选择买这辆车的正确性。当我看到对方车子的惨状的时候，我更加庆幸当初的选择。如果我当初买了一辆轿车或是日本产的小吉普，那么我可真就是在劫难逃了。对方肇事的女司机我真的不想让她赔钱或怎样，她有她的烦恼。我只是庆幸自己毫发无损，虽然车估计是报废了，但是车没了，还能再买，人没了，那就是没了。祸兮福所倚，福兮祸所伏。在这场车祸中能让我知道生命的可贵和以后买车的标准，更重要的是上天的伟大和对我的爱，也算是值了。最重要的还是让我意识到生命的短暂和脆弱，既然生命是如此的短暂那就要好好地享受，不要做让自己后悔的事情。人生要潇洒走一回，就算短暂也没有遗憾。

祝老爸身体健康、万事如意！

轩儿
2015.04.19

在家的后院进行实弹射击训练

我们要面对的永远是未来

> 伴随着这两封信的到来,孩子四年的海外高中生涯也结束了。看到他成长为一个有着坚定信仰、充满人文关怀的小伙子,我感到自己这四年所做的一切都是对的,所有的付出都是值得的。

20150511　老爸to轩

亲爱的孩子:

你好!

四年过去了吗?四年过去了!!四年真的过去了!!!

看到你成长为一个有着坚定信仰、充满人文关怀的小伙子,真的感觉四年所做的一切都是对的,所有的付出都是值得的。面对匆匆的时光,我实在想不出比朱自清先生更好的词语,就抄录下来作为对逝去岁月的一种怀念吧。

燕子去了,有再来的时候;杨柳枯了,有再青的时候;桃花谢了,有再开的时候。但是,聪明的,你告诉我,我们的日子为什么一去不复返呢?——是有人偷了他们罢:那是谁?又藏在何处呢?是他们自己逃走了罢——如今又到了哪里呢?

我不知道他们给了我多少日子,但我的手确乎(1)是渐渐空虚(2)了。在默默里算着,八千多日子已经从我手中溜去,像针尖上一滴水滴在大海里,我的日子滴在时间的流里,没有声音,也没有影子。我不禁头涔涔(3)而泪潸潸(4)了。

去的尽管去了,来的尽管来着;去来的中间,又怎样地匆匆呢?早上我起来的时候,小屋里射进两三方斜斜的太阳。太阳他有脚啊,轻轻悄悄地挪移了;我也茫茫然跟着旋转。于是——洗手的时候,日子从水盆里过去;吃饭的时候,日子从饭碗里过去;默默时,便从凝然的双眼前过去。我觉察他去的匆匆了,伸出手遮挽时,他又从遮挽着的手边过去,天黑时,我躺在床上,他便伶伶俐俐（5）地从我身上跨过，从我脚边飞去了。等我睁开眼和太阳再见，这算又溜走了一日。我掩着面叹息。但是新来的日子的影儿又开始在叹息里闪过了。

在逃去如飞的日子里，在千门万户的世界里的我能做些什么呢？只有徘徊（6）罢了（7），只有匆匆罢了；在八千多日的匆匆里，除徘徊外，又剩些什么呢？过去的日子如轻烟，被微风吹散了，如薄雾，被初阳蒸融了；我留着些什么痕迹呢？我何曾留着像游丝（8）样的痕迹呢？我赤裸裸来到这世界，转眼间也将赤裸裸的回去罢？但不能平的，为什么偏要白白走这一遭啊？

你聪明的，告诉我，我们的日子为什么一去不复返呢？

词语注释：（1）确乎：的确。（2）空虚：里面没有什么实在的东西，不充实。（3）涔涔（cén cén）：形容汗、泪等不断往下流的样子。（4）潸潸（shān shān）：形容流泪不止的样子。（5）伶伶俐俐：聪明灵活。指十分聪明。（6）徘徊：在一个地方来回走动。（7）罢了：而已。（8）游丝：蜘蛛所吐的丝，飘荡于空中，故称游丝。

过往的一切无悔地匆匆了，我们要面对的永远是未来。由于有了这四年，也可以说是过往十七年坚实的基础，你的光明未来是指日可待的。但谁也不是神仙，我们对未来的发展和变化，只应该也只能说出个大的方向，不应该也不可能机械的规定时日。但我所说的你的光明未来，绝不是所谓的"有来到之可能"那样完全没有行动意义的，可望而不可即的一种空的东西。"它是站在地平线上遥望海中已经看得桅杆尖头了的一只航船，它是立于高山之巅远看东方光芒四射喷薄欲出的一轮朝日，它是躁动于母腹中的快要成熟了的一个胎儿。"（引自毛泽东《星星之火，可以燎原》）孩子，你的未来一定是可以期许的！

祝

健康、快乐！

老爸

2015.05.11

往事并不如烟

> 孩子的毕业典礼我没有去上,特意给威克特先生全家写了这封感谢信。由孩子翻译个英文初稿,友人 Ms.C 给做了很好的修改,借此机会再表谢意。

20150423　　Norlan to 威克特全家

尊敬的威克特夫人、Guider(我对威克特先生的尊称)及全家:

伴随着 Eddie 的高中毕业,转瞬间四年过去了。除了自己虚长了几岁,看看周围的一切似乎都没有变化。有时不禁暗暗地问自己:时间都去哪儿了?

但是,看看孩子的成长,看看自己一天天增多的白发。想想你们对我、对 Eddie 的帮助,一点一滴都在眼前。这一切都告诉我:往事并不如烟!

我们的相识起于 Eddie 的学业,但这一切都要感谢上天的安排。没有他的伟力,这一切都是不可能的。每当我听到 Carrie Underwood's song——How great thou art 的时候,我的脑海里经常浮现你们夫妇、你们全家,甚至还有 LCA 老师的影像,虽然我并没有见过他们。是你们让我认识到了友谊的伟大与亲切。我经常和朋友谈起:我这辈子就做了一件有意义的事,那就是让 Eddie 早独立,为他找了适合的城市、适合的学校,最主要是适合的家庭,单就这一件事就可以告慰我的平生!

四年前,Eddie 还是一个懵懵懂懂的小孩子,在你们的培养下已经成为一个有着坚定信仰、充满爱心、充满自信、充满人文关怀的,积极、乐观、向上的小伙子。所以在这里,要感谢你们全家的每一个人,是你们帮他补上了这人生旅途的最重要一课。感谢 Dearguider,没有你的指引这一切都是不可能的。你在教育 Eddie 的同时,也教会了我如何做一个合格的父亲;感谢(他的孙儿、孙女)是你们让 Eddie 学会了如何做一个合格的叔叔;感谢(二儿子),是你教会了 Eddie 跆拳道,给了他丰富的业余生活;感谢(大女儿)……;感谢(二女儿、女婿),是你们在生活中给了 Eddie 必不可少的帮助；感谢小女儿，是你给 Eddie 介绍了很多好朋友；感谢 Wiiiam，是你给了 Eddie 兄弟般的温暖和关怀。这种异国的兄弟情将伴随你们的一生；（说全了吗？）最后，尤其要感谢 Marilou（威克特夫人），你在培养了八个孩子之后，就如同一个背负着超负荷的重量走了很远很远的骆驼，这时又给你加上了额外的重量——一个来自陌生国度、陌生文化的不谙世事的小孩子。一般的人早就避之唯恐不及，但你不仅默默地承担了下来，而且为他付出了你的辛勤汗水。每天为他做饭，教他文明礼貌，帮他选大学，和他谈自己的过往……给了他一个母亲的全部的爱。你那发自内心的灿烂的笑容，如同冬日下午的暖阳，不仅温暖着身边的每一个人，也温暖着远在异国的我。其实，去美国参加 Eddie 的毕业典礼并不是我的主要目的，因为对这种锦上添花的事情我一向兴趣不大。我的主要目的是为了当面向你表达我的谢意。我相信这个目的早晚会实现。

我原计划是要去参加 Eddie 的毕业典礼的，我也知道你们为了 Eddie 的母亲和我的到来做了很多准备。但是很遗憾，由于工作的原因我不能成行了，唯有用这封信表达我的全部感激和谢意。Eddie 虽然高中毕业了，但这对我们的友谊却是一个新的起点。It is not abeginning of anend, it is anend of abeginning！盼望着我们能早日见面，无论在中国，在美国或是在其他任何地方。

祝全家幸福、快乐！

Norlan

2015.04.23

我觉得没有比"往事并不如烟"更好的标题了

Dear Mrs.Wegert, Guider and all the family members:

　　How time flies! The coming graduation of Eddie reminds me that four years has passed in a flash. Things around hasn't got any change except my age. At times I cannot help asking myself: "Where has the time gone?" However, every moment when I see my son growing up, I can think of the care and help you offer to me and Eddie. All the little pieces of memory are just like a movie shown in my mind. All of these keep telling me that the past couldn't be gone with the wind.

　　Our meeting began with Eddie's study, but I must thank God for giving us the chance. Without His great power, nothing is possible. Every time when I am listening to the song 'How great thou art' by Carrie Underwood, the images of Marilou, you and your family appear in my mind, even the teachers in LCA that I've never met before. All of you help me to realize the kindness and greatness of Christ. I always tell my friends that in my whole life the most meaningful thing I'v done is that I sent Eddie to America, found a proper city, fixed a right school, and most importantly I met a great host family which can comfort me throughout my whole life.

　　Four years ago, Eddie was just a kid who knows little about life. With your education, he is now a young man with a strong belief and a positive attitude. He is confident, caring and full of love. When Eddie was nine years old, his mom and I divorced, and I didn't have a chance to teach him about a complete family. Therefore, I will give thanks to every member of your family. You help me to teach the most important lesson of life to him. Dear guider, without your guidance nothing is possible. You taught Eddie and also taught me how to be a better father. Shannon and Gabriel, you let Eddie know how to be a good uncle. Sam, you help Eddie to build a positive worldview. Tim, you teach Eddie karate. Julia, you set a great model for Eddie of a big sister. Charity, you showed Eddie a great example of being strong under any circumstances. Amy, you showed Eddie a cheerful spirit. Abby, you are always happy and joyful. William, you care about Eddie like a brother, according to Eddie: "you are a brother from another mother." This brotherhood of different countries will be with you two forever. Last but not least, I want to give a special thanks to Marilou. After raising eight kids, you are like an overloaded camel travelling a long, long journey. Now, there is an extra weight on your back――― a simple and naïve kid from a different country. Actually no one wants a burden and so avoid it. But you not only take the responsibility but also treat him as your own child. You cook for him every day, take him to the church, teach him good manners, help him to choose the college and share your past with him. You gave him the love that only a real mother can give to her own children. The bright smile that comes from your heart is like afternoon sunshine in winter. You warm the people around you and also warm me in a different country. Eddie can be everything he is now because of your love. Actually, attending Eddie's graduation is not my priority to go to America. I am never interested in making something already good better. Instead, I expect to thank you personally, especially Eddie's America mum. I believe this goal will be achieved sooner or later.

Eddie's graduation is coming soon, and I know that you have prepared a lot for the coming of Eddie's mom and me. Unfortunately, because of my job, I cannot make it. Therefore, I have to use this letter to express my appreciation. Even though Eddie is done with his high school life, but it is not the end but a new beginning of our friendship. I am looking forward to meeting all of you as soon as possible, no matter where we are, in China, in America or anywhere else in the world!

Thank for Eddie to translate the letter into English though he is so busy.

May your whole family have lifelong health and happiness!

Norlan
04.23.2015

万万没想到

上大学之后真的是非常累，主修课根本学不会，在心浮气躁的情况下，竟然又把写信给忘了，只能说万万没想到。老毛病不是那么容易改的！

20150927　　轩 to 老爸

亲爱的老爸：

今天是中秋节，首先祝老爸中秋快乐！以前背过苏轼的《水调歌头》，但是却不够成熟地领会其中的意思。就在昨夜，我站在秋雨中望着阴雨连绵的天空，别说月亮了，连星星都看不到。我觉得在这种情况下才能真正地体会到苏轼的那种思乡、思人之情。中秋节连月亮都不陪我，还有比这更苦闷的吗？我也只能"但愿人长久，千里共婵娟"了！

这是我上大学以后的第一封信，也算是大学生活的开始！我觉得不到美国大学，永远也不会知道美国真正的校园生活。因为美国的大学生活和高中生活简直有着云泥之别！主要呢，有以下几点区别：1. 课程的不同；2. 环境的不同；3. 要求的不同。首先说一下课程的不同，一般人认为：大学嘛，肯定要比高中学得难。其实这种观点是错误的。大学的课程可能学习得更深、更细，但是绝对不是让人接受不了的难。高中课程讲的目的只是普及，所有知识点都是浅尝辄止。老师讲得也非常慢，十个单元可以讲一年。选课也有老师帮你选，帮你参谋。但是大学从选课到安排课程都要求学生自己按时完成，课程也是丰富多彩。如果你的课程安排得非常不合理，对不起，是你自己选的。如果你觉得课特别的多，对不起，还是你自己选的。选老师更是重中之重！就像我的生物老师，人非常好，但是讲课特别的难！一节课下来能讲100多页幻灯片，还嫌讲得慢！如果说知识量很大但是重点少那也没有关系，100页幻灯片99页是重点，让我们这帮学子大呼崩溃。托大学的课程的福，我真真正正地熬了一回夜。第二个就是环境的不同，高中校园里大家都在学校里，一起上课，一起放学，低头不见抬头见，教室不见食堂见，食堂不见办公室见。总之，肯定能见到。但是大学是不一样的，一样的课，不一样的时间表，不一样的计划。有的同学我刚上课的那天见到了就以为以后每周一都能见到，但是事实证明我是错误的，因为这都快一个月了，我们就见到一面。LCA 的校服已经看不到了，能看到的是各色各样来自不同背景的人。有人说大学就是一个社会的缩影，我觉得这句话在美国并不正确，美国大学应该是美国历代教育者们思想的缩影。最后一个呢，就是要求的不同了，在高中唯一的要求就是你要毕业。作业没有按时完成，和老师打一声招呼，就能晚一天交，基本没有要求。大学要求也是非常非常的简单，那就是"独立"。独立虽然听起来简单，但是做起来真的是难上加难。不仅仅要求我们独立地学习，更重要的是独立地生活。没有人再会追着我要作业了，过了要求的时间，哪怕是一秒，也不能交了。大学生最需要的就是自制力了，外面的世界真的很精彩，但是我们的成绩也是非常的无奈。

  课程、环境和要求的不同也导致了学习方法的不同，就像你跟我说的，一定要保持充足的精力。上课时睡觉是最错误的，听课真的是非常的重要，虽然老师讲得很快，但是有些问题真的是在听课的过程中解决的。在经历过一段坎坷之后，我发现了预习的重要性，有的课程其实预习的时候就可以明白，而且也可以把不会的标出来，那么就会有目的性地听课了！听起课来真的是事半功倍！最后就是复习，复习主要还是巩固加强各个知识点。把地基打牢，才可以建起高楼大厦。而复习这一步也恰恰是加强的一步。用上这个学习方法后，真的是轻松了不少，也加强了自己的自信心。大学生活对我来说再也不是沉重的，而是丰富多彩的啦！窗外的这场秋雨已经下了三天，虽然很压抑，很潮湿也很阴暗，但是我相信，当这场秋雨过后，天空会更蓝，空气会更清新，彩虹也会更美！阳光总在风雨后嘛！

祝老爸身体健康、万事如意，中秋快乐啦！

轩儿
2015.09.27

路漫漫其修远兮，吾将上下而求索

> 这封信是孩子上大学后的第一封信，本不打算放到这个集子里。但我万万没想到他还能犯不及时写信、不及时问候我的错误。所以决定把它收录，提醒我们这些做家长的培养孩子——套用一句电影台词——哪有个完哪！

20151016　　老爸to轩

亲爱的孩子：

你好！

最近一直在读世界第一畅销书——《圣经》的旧约部分，受益良多。觉得旧约《圣经》就是用以色列来告诉世上的人上帝喜欢什么、憎恶什么、如何与他沟通。但现代的人应该如何去做？到哪儿去寻先知？……我还是一头雾水。

人类执拗的天性和上帝的要求真是差得太远了！总是屡教屡犯，难怪他要屡次毁灭以色列。从这我也想到了父母对子女的教育，苦口婆心的劝导还是不改。真的是无计可施。

好久也没和你联系了，也不知你的近况如何。若不是要把写信这件事坚持下去，这封信我也不想写。真的想从此不和你联系了。

我真的不懂什么事能让你每周五分钟都抽不出来？突然想起来了，发个信息，我没回，就那么地了。我要是真的有什么事儿，估计现在灰都没了。

你若遇到什么事儿了也应该及时地告诉我。有很多孩子，甚至是大人，遇到事情总是隐瞒。最后落得亲人、朋友不理解，自己还很委屈，真是"损人又不利己"。

我知道你很忙，但越是忙越不能乱，所谓忙而不乱。有很多人总觉得自己是四面楚歌，为什么？就是因为他们每忙一件事儿的时候，其他的朋友、事情，甚至亲人就都顾不上了。等他把一个事儿忙完了，又想去做其他的事情，找人帮忙时，就慨叹："怎么没人理我了？"其实不是别人不理他，而是他在忙的时候把别人都忘了。这样恶性循环下去就会感到：人生的路怎么越走越窄？

  我最近正在整理我们过去四年的通信，准备印个小册子。先发给朋友们看看。

  我一边整理一边感叹：帮你建立个好习惯可是真不容易啊！

  祝

健康、快乐！

老爸
2015.10.16

四年很重，毕业帽很轻

寄　语

信守亲缘

耿艳芳

很多人的人生目标并不是多么高远的理想，而是给自己的子女创造最好的生活。期望他们宽视野，培养他们深思辨，努力许他们一个美好的未来。

越来越多的父母把孩子送到大洋彼岸，践行"读万卷书行万里路"的古训，但我更信奉西方的"Traveling thousands of miles is better than reading thousands of books"——行万里路胜过读万卷书。精彩的留学生活可以培养他们独立的生存能力，让他们充实学识、开阔视野，重新审视、定制自己的人生。

儿行千里母担忧，茫茫沧海，拉开了亲人的距离，却阻隔不了浓浓的思念，尽管信息时代有QQ、微信、视频电话等多种沟通工具可供选择，然而最能触及心灵的仍然是最古老的方式——写信。

写信的过程是一次彼此情感的流淌与宣泄。留学生活孤寂无助，国内生活繁杂喧嚣，无论孩子还是父母，都需要情感的舒缓。宁静月夜，独坐绮窗，说不出口的思念可以借助笔端肆意流淌，缅怀过去，书写离愁，获得慰藉，让内心淤积的负能量宣泄而出。远隔重洋，一封家书会让亲情更加浓烈，历久弥真。

写信的过程是各自对近期生活的一次审视与反思。人生之路，忙碌奔波，无暇回眸，错与对都在奔跑中随风而逝，来不及感悟，更无法看清远方的征途。每次写信，讲述近况，都是一次梳理与反思，在书写中审视自己，顿悟警醒，未来的路在文字的流淌中更加明晰、具体。

写信的过程是对双方韧性与耐性的训练。繁忙的学业与工作让彼此的生活疲惫，疲惫会让人丧失一些良好的习惯，写作就是其中之一。QQ、微信聊天的弊端就是信口开河，思维以跳跃与碎片的形式出现，苍白随意，相对于写信来说它们更欠缺的是缜密的思维与逻辑性，当然更主要的写信费时费心。坚持长期写信，可以培养自己的耐性与修养，滋养自己的儒雅与韧性。

写信的过程是一次对汉语的巩固与提升。语言的学习需要环境的熏陶，留学在外，长期失去母语的氛围，会让汉语的技能逐渐生疏，也许简单的对话在媒体聊天中仍能游刃有余，但规范的语法只有在书面语中才会被巩固并被熟练运用。写一封家书，有感而写，有事而作，不仅便于表达深思熟虑的想法与规划，更有利于运用母语，巩固自己的语言技能。

中国人的情感自身就带有一种含蓄，你站在我的面前，我的爱难于启齿，而寄情笺羽，又会下笔千言。留学，从一种文明进入另一种全新的文明，丰富而广博地接受新知，更要保留属于自己的底色，那么写信吧，念亲恩，理思绪，磨意志，厚底蕴。

毕业庆典

贺轩儿在美首个生日

吾儿十五独自漂洋,其勇气之大,其毅力之强,其适应之快,超乎想象,可喜!可贺!!今恰逢其十五周岁生日,万里之外,唯以此诗贺之。

祝福生辰寻常事,
于今情形却相异。
小儿独自行万里,
轩昂他国能自立。
生命年年有今日,
日日奋进年年强。
快马更逢天助力,
乐享天地即可期!

贺轩儿十七岁生日

十七岁是少年的结束。当同龄人还为如何去北京、上海而筹划时,你已远渡重洋了;当他们还在享受着爹妈的接送时,你已在野外生活过半个月了;当他们还在享受着小家的温暖时,你已成为异国家庭的一员了;当他们还在为一道道无意义的难题耗费着自己美好青春的时候,你已在为明天蓄积知识和能力了……孩子,你的少年是艰苦的,也是丰富多彩的,更是美好的。人们常说:好的开始是成功的一半!努力下去,未来一定是可期的!

今天是你十七岁的生日,重洋远隔,唯纸半张为贺!

  人生十七载,壮志行四海。
  骏马嫌路短,长鹰恨天矮。
  唯舍檐下暖,方能翔九天。
  亲情虽为贵,无疆乃大爱!

贺轩儿十八岁生日

轩儿七岁住校，十四岁独自赴美，今逢其十八岁生日，仿放翁《书愤·其一》，反其意而用之。万里相隔，唯纸半张，以为贺！

> 早岁已历世事坚，
> 重洋远渡气如山。
> 寒室温情沈城北，
> 福音喜雨林奇南。
> 壮美麦峰当自许，
> 万里路遥着先鞭。
> 苍穹一望足一世，
> 白发青山绿水间。

颔联指孩子小腿骨裂时，在学校旁居住三个月陪伴他。早送晚接。虽然春寒料峭，室内又无暖气，但难得父子朝夕相处，甘之如饴。

林奇指孩子现在的学习地，弗吉尼亚州林奇堡。

麦峰指美国最高峰麦金利峰。

早歲乙歷世事艱重洋遠渡氣如山
寒室溫情濱城北福音喜雨林奇南
壯美麥峯當自許萬里路遙著先鞭
蒼穹一望足一世白髮青山綠水閒

孩子十八歲生日我為他寫的《賀軒兒十八》條幅由我的老弟，沈陽魯迅美術學院青年書畫家劉遜芝書寫。

与同学合照

高中毕业是孩子一生中的大事,全家一起庆祝

后 记

写信？写信！

于小轩

写信真正的目的是在交流，交流什么？交流亲情！其实信的内容往往是第二重要的，最重要的是我能按时完成父亲对我唯一的硬性要求，通过这个能让我父亲知道我在乎他，我把他交给我的事情当成首要任务。当然，写信也是给我语言、思考、写作等各个方面的锻炼。就拿汉语来讲，不要以为说一口标准的普通话就很正常。有很多留学生，在国外待了四五年，回来连说了十四五年的母语都不会说了，听起来是不是有些讽刺，但这就是事实。每次写信都能锻炼我的中文表达能力，不仅要写对还要写好。在美国说英语，回家就要说标准的东北话，中英文转换无压力，就像双卡双待的手机一样才行。想要改一个坏毛病很难，但是养成一个坏毛病是非常容易的！当我心态不好，或者有一些负面情绪的时候，我改掉的坏毛病就会蠢蠢欲动，从这些信里也不难看出。这就是写信的另一个好处，这些信就像黑匣子一样，记录着我四年来的变化，从中可以总结出很多经验和规律。就像每当我写信晚了，就说明我心情不是特别好，肯定有事在困扰我。信中一些我自己的话和父亲的话都能对现在的我起到惊醒和鼓励的作用。写信的好处有很多，父亲在序言里已经一一阐述，我就不唠叨了。我想说的是我这一代人对于亲情和交流的缺失和不在乎。

我爷爷曾经写过一本书叫作《生活的浪花》，在我还不懂事的时候我曾经听过爷爷给我读它的前序，里面有一句话在当年不懂事的我的心中种下了一颗小小的种子。这句话的大概意思是：生活是一片大海，而我们只能在大海中捕捉到一朵朵小小的浪花。我和我父亲的信就是我在我的生活中捕捉到的浪花。在国内，我父亲对我的要求就很多，我到美国后，要求却更多了。当我听到让我每个月写一封信的时候，我觉得我很不能接受，我给我自己的理由是："我这儿忙，哪有时间写？"当然啦，我还是知道这些要求都是对我好。就这样，抱着老大的不情愿，我开始写了我的第一封信。从第一封信到现在，已经过去了四年，在这四年里我的不情愿渐渐地变成了一种期待和一种温馨。在这四年里，我从这些小小的浪花中还捕捉到了很多很多。写信是我和我父亲交流亲情的非常重要的渠道，远隔万里，我的父亲不再能看到我，面对面地教育我，写信可能是他对我唯一的硬性指标，当我每次给他把信发过去的时候，他总是第一时间就把读后感告诉我，让我倍感温馨！我从小就住校，对于亲情的感念很是模糊。当我每次读我父亲回信的时候，虽然大部分都是对我的改正和要求，但是还是能从字里行间感受到这种亲情。那一句句批评不也是亲情的很好体现吗？

现在科技如此发达，但是距离真的已经不是问题了吗？交流真的已经不是问题了吗？亲情的传递也不是问题了吗？不！在科技如此发达的现在，这些问题都愈发地严重，暴露得更加地明显。因为手机使交流变得更简单、更方便、更快捷，人们也开始不再珍惜交流。当父母给我发了很多苦口婆心的教导，或者问问我近况，而我只有"嗯"或者就不理会的时候，我不知道的是：父母在大洋彼岸盯着手机苦苦等候我回信的焦急。我还记得我以前初中同学的父母说和他们在美国上大学的孩子失联了好几天，让我帮忙找一下。两位都非常着急，可是身在远方，什么都做不了。我立刻就给我的朋友打了一个电话，结果没有人接，过了三四个小时那位同学在群里说自己这几天去派对，玩得太高兴了，就忘了。看到这样的话，让我心中有一股苦闷感，现在我们这一代都怎么了？难道父母对我们无私地奉献就是天经地义的吗？我曾经也是这样，但是当我在给父亲写道歉信的时候，写着写着，眼泪就不自觉地流下来了。深刻地回忆起父亲的变化和他为我的付出，让我对父母都有一种深深的愧疚感。这些信就像一壶茶，每一次品都有不同的味道，虽然最后会像水一样平淡，但是其中亲情的味道却越品越浓。

希望这本书能给我的弟弟妹妹们一份启发，同龄人们一个借鉴，哥哥姐姐们一个机会。更希望所有人都能在生活的大海中捕捉到一朵朵值得回忆的小小的浪花。

2015.11.26